独学 日本語 系列

本書內容：初中級＆中級

ねほはほ
根掘り葉掘り

生活日語
字彙通

刨根究底

永石繪美
三民日語編輯小組　編著

三民書局

國家圖書館出版品預行編目資料

根掘り葉掘り生活日語字彙通 / 永石繪美, 三民日語編輯
小組編著. －－初版一刷. －－臺北市: 三民, 2009
面; 公分

ISBN 978－957－14－5198－5 (平裝)
1.日語 2.詞彙

803.12   98009365

© 根掘り葉掘り生活日語字彙通

編 著 者	永石繪美 三民日語編輯小組
企劃編輯	李金玲
美術編輯	李金玲
插畫設計	許珮淨 李金玲
校 對	陳玉英

發 行 人	劉振強
著作財產權人	三民書局股份有限公司
發 行 所	三民書局股份有限公司
	地址 臺北市復興北路386號
	電話 (02)25006600
	郵撥帳號 0009998－5
門 市 部	(復北店)臺北市復興北路386號
	(重南店)臺北市重慶南路一段61號

| 出版日期 | 初版一刷 2009年7月 |
| 編 號 | S 808430 |

行政院新聞局登記證局版臺業字第○二○○號

有著作權·不准侵害

ISBN 978－957－14－5198－5 (平裝)

http://www.sanmin.com.tw 三民網路書店
※本書如有缺頁、破損或裝訂錯誤,請寄回本公司更換。

序

　　照著教科書學習外國話的人，如果有機會到那個國家，一開始幾乎都會面臨相同的窘境：一些日常生活單字，說不出口，因為課本上沒有教。

　　或者是，明明只是簡單的日常用語，卻得靠用猜的，原因很簡單，因為沒有學過。

　　但是，真的該把責任都怪到課堂上的外語教學嗎？不！我們不認為應該這樣做。

　　要學好一種外國話，尤其是想在生活中自在運用的外國話，你知道要強記多少單字，以及每個單字的延伸用法嗎？──這些想光靠一本教科書就達到目的，即使是神仙來編也做不到。

　　所以，你需要第二本、甚至是第三本教科書！

　　本系列作《生活日語字彙通》與《生活日語短句通》，是三民日語編輯小組充分發揮「刨根究底（根掘り葉掘り）」精神，嘗試將日本人生活中隨處可見的事物，以插圖或慣用搭配句等方式呈現。書中有許多一般字典裡查不到的字辨及生活日語常識解說，所以不管你是要精進生活字彙，還是想充實生活慣用句的知識庫，相信絕對都很實用。

　　和各位讀者一樣，三民日語編輯小組也經常在思考一個問題：如何才能夠把日語學得更好。我們得

到的結論是：唯有把自己當成讀者，才能知道讀者的真正需求。這也是促使我們時時以「從學習者的觀點出發，出版自己也會想要的書」自居也自許的理由。

　　每一本掛上「三民日語編輯小組」編著的書，背後都代表著我們如此的用心，也願本書能帶給每位讀者有趣且實用的日語學習經驗，在學習的路上共勉之。

三民日語編輯小組
2009,7

根掘り葉掘り
生活日語字彙通

◦ ◦ 我家

宅關廳室房浴間台
住玄客和廚衛房陽

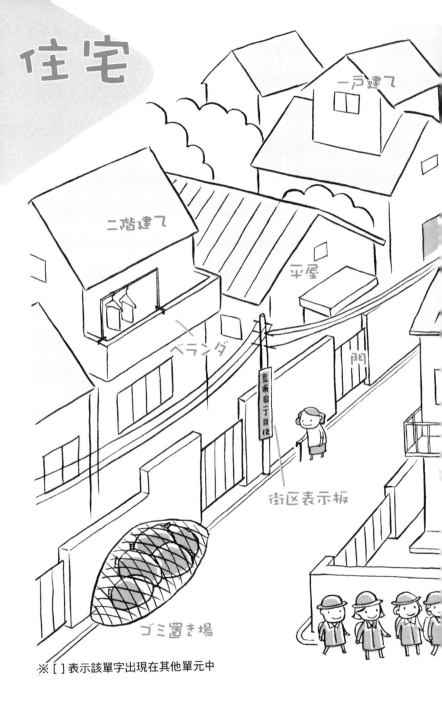

住宅

一戸建て

二階建て

平屋

ベランダ

門

豊南島一丁目12

街区表示板

ゴミ置き場

※ [ ] 表示該單字出現在其他單元中

貯水タンク

屋上

アンテナ

屋根

アパート

階段

廊下　手すり

[ドア]

駐輪場

塀

 生活單字

公寓，大廈	アパート*、マンション*、集合住宅（しゅうごうじゅうたく）
透天厝，獨棟房子	一戸建て（いっこだて）、一軒家（いっけんや）*
平房	平屋（ひらや）
二層樓建築	2階建て（かいだて）
腳踏車停放處	駐輪場（ちゅうりんじょう）
大門	門（もん）
圍牆	塀（へい）
路牌	街区表示板（がいくひょうじばん）*、町名（表示）板（ちょうめいひょうじばん）*
天臺，頂樓平台	屋上（おくじょう）*
屋頂	屋根（やね）*
天線	アンテナ
樓梯	階段（かいだん）
走廊	廊下（ろうか）
陽台	ベランダ*、バルコニー*
欄杆	手摺り（てすり）
垃圾置放處	ゴミ置き場（おきば）、ゴミ捨て場（すてば）

☑ 你不可不知

・アパート、マンション

典型的「アパート」指的是樓高只有二、三層樓，樓梯在屋外、住戶共用一條長廊通行的公寓，很多都是木造或輕鋼架建築。「マンション」則是指中高層的大樓公寓，多半有管理員，建物也較堅固，以鋼筋水泥、鋼骨為主，感覺較高級。

・一軒家

「一軒家」除了指獨棟的房子，還有個用法是指四周沒有其他住家、離群索居的人家。例如山中的獨戶人家：「山の一軒家」。
やま

・街区表示板、町名表示板

正式用語。日本的路牌系統採用街區標示，與台灣的道路標示方式不同，例如「新宿区西新宿2丁目8」，指的是新宿區的西新宿2丁目「町」的第八個街區。「町」的概念可以想成類似台灣的「里」。

・屋上、屋根

二者其實都可譯作屋頂，但「屋上」指的是建築物的頂層平台，人們可以在上頭做活動，例如屋頂花園。「屋根」則是指覆蓋了瓦片等，用來遮風擋雨的屏障。

・ベランダ、バルコニー

「ベランダ」是源自英語的外來語，「バルコニー」則是源自法語的外來語，有一說是上頭有遮蔽物的是ベランダ，沒有的叫做バルコニー，但日本人通常二者混用。

自己的房子	持ち家、マイホーム*
找房子・找租屋	部屋探し*
租屋	賃貸*、下宿*
住戶	住人*、入居者*
房東	大家(さん)
裝潢	内装
附家具	家具付き
隔間	間取り
三房兩廳	３ＬＤＫ 参見「這個有意思」
一坪	一坪*
一個榻榻米大小	一畳*
採光・日照	日当たり
坐北朝南	南向き
最鄰近的車站	最寄の駅
居住環境	住環境
木造	木造
鋼筋混凝土	鉄筋コンクリート
鋼骨	鉄骨

☑ 你不可不知

・マイホーム

日本人自創的詞，意思是"my home"，用來表示自己的家庭或自購屋。類似用語還有「マイカー」，意思是自己的車、自家車。

・部屋探し

統稱找租屋時的用語，不論找的是一個房間、套房，或是公寓的一個住宅單位，習慣上都這麼稱呼。如果是為了購屋而找房子時，則是作「家探し」。
いえさが

・賃貸、下宿

談到租屋，尤其是租公寓的一個單位，日本人習慣用「賃貸」表達，例如「賃貸マンション」「賃貸アパート」「賃貸を探したい」。至於「下宿」一般是指和房東同
さが
住在一個屋簷下，供三餐的廉價雅房，對象通常是學生。

・住人、入居者

二種說法都是指住在房子裡的人，但「住人」是中性說法，「入居者」通常是指「賃貸入居者」，即租屋的房客。

・一坪、一畳

「一坪」大約是3.3平方公尺，「一畳」指的是一個榻榻米的大小，實際尺寸各地有異，一般通常是1.65平方公尺。兩個榻榻米約相當於一坪的大小。「畳」也可寫成
じょう
「帖」，發音相同。
じょう

☑ 這個有意思

2DK

洋室
和室
ベランダ
DK
玄

LDKとは？

　日本で部屋探しをすると、よく３LDKなどという表記を見かけます。３は「三つの部屋」、Lは「リビング」、DKは「ダイニングキッチン」を表しています。学生向けの賃貸アパートなどでは、１Kやワンルームという表記がありますが、これは部屋は１つと、小さなキッチンがついている部屋のことです。

　在日本找房子時，經常可以看到3LDK等的標示。其中，3代表「三房」，L表示「客廳(living room)」，DK表示「餐廳 (dining room)」兼「廚房(kitchen)」。而一些專門租給學生的公寓，上頭所標示的「1K」或「ワンルーム(one room)」，指的是一個房間附一個小廚房的屋子。

註：房間與廚房有隔間的是1K，連在一起的是one room。

☑ 就是想知道

問：鐵窗的日文怎麼說？

日本一般家庭住宅較少有這種光景，若要用日語形容，可以說「防犯格子」。「格子」其實是由「鉄格子」而來，在日本容易令人聯想到監獄或精神病院。

問：水塔的日文怎麼說？

日本家庭供水一般直接來自自來水公司的管線，至於台灣家家戶戶頂樓常見的水塔，在日本並不常見，通常只有水壓加壓器無法負荷的十幾層樓以上的大型公寓、辦公大樓或醫院才看得到。

儲水塔的日語是「貯水タンク」，放在高樓上的儲水塔一般稱為「高置タンク」。

問：日本有違建加蓋嗎？

台灣常見的頂樓加蓋，日文稱為「屋上増築」，但類似在上頭搭鐵皮屋，裡面還住人的情形，原則上在日本極為罕見。

違不違建的問題，在日本，尤其是公寓，房子不能隨便加蓋。台灣常見的把公寓陽台打出去的作法，在日本絕對不可能出現，原因是日本的大樓管理法認定公寓大樓陽台屬於公設，消防法明文規定，陽台等公設為避難通道，即使擺放物品也必須空出一條走道，當然更嚴禁改造成密閉的私人空間。

自己**動腦**記得更快

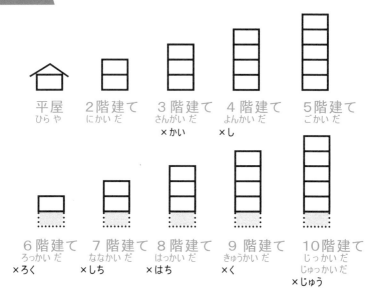

平屋
ひら や

2階建て
にかい だ

3階建て
さんがい だ
×かい

4階建て
よんかい だ
×し

5階建て
ごかい だ

6階建て
ろっかい だ
×ろく

7階建て
ななかい だ
×しち

8階建て
はっかい だ
×はち

9階建て
きゅうかい だ
×く

10階建て
じっかい だ
じゅっかい だ
×じゅう

■想一想下列住宅的日文怎麼説

木造平房

木造二層樓建築

三層樓公寓

鋼筋混凝土建造的五層樓建築

八層樓的鋼骨大廈

⬛ 把你想知道的生活單字記下來：

玄関

ドア

表札
田中

インターホン

呼び鈴

郵便受け

玄関

のぞき穴　　ドアチェーン

郵便受け

鍵

下駄箱

傘立て

土間

玄関マット

スリッパ

フローリング

 生活單字

玄關	玄関 げんかん
門	ドア*、扉 とびら、戸 と*
門牌	表札 ひょうさつ*
門鈴	呼び鈴 よ りん、玄関 げんかんのチャイム、ベル
信箱	郵便受け ゆうびん う
窺孔，門窺鏡	のぞき穴 あな、ドアスコープ
對講機	インターホン、ドアホン
門鎖	ドア錠 じょう*、鍵 かぎ*
鑰匙	鍵 かぎ*
門鏈	ドアチェーン
玄關地台	土間 ど ま
傘架，傘筒	傘立て かさ た、レインラック
鞋櫃	下駄箱 げ た ばこ*、靴箱 くつばこ
玄關腳墊	玄関 げんかんマット
室內拖鞋	スリッパ
木地板	フローリング*

☑ 你不可不知

‧ドア、扉、戶

「ドア」是外來語，等同「扉」，都是門的通稱；「戶」通常是指拉門「引き戶」，日本傳統的門都是拉門，不過也有日本人混用，沒分得那麼細。

前一個單元提過的「門」，在日文裡指的是門口大門。

‧表札

台灣的門牌上寫的是地址，日本的門牌通常是姓氏。日本也有寫上地址的門牌叫做「住居番号(表示)板」或「住所プレート」，但貼有這種門牌的住家並不多。

‧錠、鍵

日文裡的鎖是「錠」，但是上鎖卻是「鍵をかける」。「鍵」這個字同時有鑰匙和鎖的含意，使用時要留意前後文。附帶一提，現代常見的拉上門就鎖上的自動鎖，日文叫做「オートロック」。

‧下駄箱

「下駄」是早期日本人穿的鞋，中文名為木屐，鞋底有兩片橫向的平行木齒充當鞋跟。

‧フローリング

日本家庭的地板多數是鋪木板，與台灣一般鋪磁磚「タイル張り」的習慣不同。

☑ 這個有意思

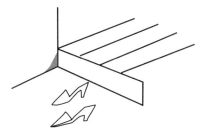

上_あがる？入_{はい}る？

　「請進」を日本語で言うと「あがってください」と「入ってください」の二つがあります。日本人の普通の住宅は、玄関と家の中に段差があります。ですから、一般の家庭では家の中に入ることは「上がる」ことになるわけです。オフィスや学校の事務所では、このような段差はありませんので、「上がる」ということはできません。したがって、このような場合には「あがってください」と言うことはできません。

　「請進」的日文可以說成「あがってください」或「入ってください」二種。一般日本人的住家，玄關和屋內有高低落差，因此進入他人家中時是「上來（上がる）」。但是在公司或學校辦公室等，由於地板沒有高底落差，沒有辦法「上がる」，所以這時就不能說「あがってください」。

把你想知道的生活單字記下來：

鞋子

自己動腦記得更快

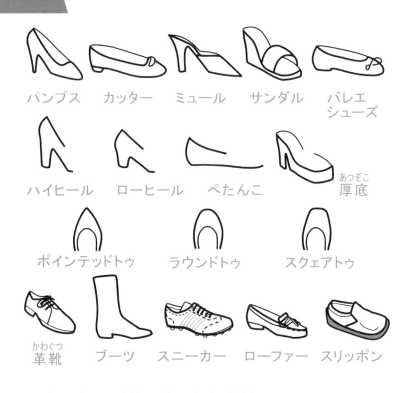

パンプス	カッター	ミュール	サンダル	バレエシューズ
ハイヒール	ローヒール	ぺたんこ	厚底（あつぞこ）	
ポインテッドトゥ		ラウンドトゥ	スクェアトゥ	
革靴（かわぐつ）	ブーツ	スニーカー	ローファー	スリッポン

■想一想下列鞋子的日文怎麼説

高跟包鞋
低跟拖鞋式高跟鞋
平底涼鞋
圓頭高跟鞋(包鞋)

> 小叮嚀：
> 「トゥ」可以改讀成長音「トゥ」，聽起來會比較像英文的 "toe"。

☑ 你不可不知

・パンプス、カッター

「パンプス」意指女用包鞋。其中，直接穿脫不須綁帶且鞋跟約1～2公分的低跟包鞋，稱為「カッターシューズ」，簡稱「カッター」。

・ミュール、サンダル

「ミュール」是指腳跟處沒有包覆，也沒有鞋帶的拖鞋式高跟鞋；「サンダル」是涼鞋或拖鞋，夾腳拖就叫做「ビーチサンダル」，簡稱「ビーサン」。

・バレエシューズ

原義為芭蕾舞鞋，這裡指的是上街穿的「娃娃鞋」。

・ハイヒール、ローヒール、ぺたんこ、厚底

指鞋跟高度，依序為「高跟、低跟、平底」，「厚底」則是前後都高。

・ポインテッドトゥ、ラウンドトゥ、スクェアトゥ

依序為「尖頭、圓頭、平頭」。尖頭與圓頭分別也有人說「とんがりトゥ」及「丸トゥ」。

・革靴、ブーツ、スニーカー、ローファー、スリッポン

依序為「皮鞋、靴子、帆布鞋或球鞋、帆船鞋或無帶扣皮鞋、懶人鞋或無帶扣帆布鞋」。「スリッポン」意指免綁帶或扣帶的便鞋，廣義來說，「ローファー、パンプス、カッター」都是「スリッポン」。

客廳

天井

階段

物置

壁

テレビ

飾り棚

置物

扇風機

テレビ台

床

掃除機

加湿器

延長コード

ヒーター

 生活單字

客廳，起居室	リビングルーム*、居間*
沙發	ソファー
靠墊，墊枕	クッション
客廳茶几，矮桌	センターテーブル*、ローテーブル*
天花板	天井
窗簾	カーテン
地板	床
牆	壁
開關	スイッチ
電燈	電気、ライト、ランプ
陳列櫃，陳列架	飾り棚
電視，薄型電視	テレビ、薄型テレビ*
視聽櫃	テレビ台、AVボード*
遙控器	リモコン
DVD錄放影機	DVDデッキ*
組合音響	コンポ、オーディオセット

☑你不可不知

・リビングルーム、居間

「リビングルーム」亦簡稱「リビング」。

「居間」意指家人團聚的日常活動空間，現今多等同「リビングルーム」使用。

・センターテーブル、ローテーブル

「センターテーブル」顧名思義是在中心位置的桌子，而客廳的茶几一般都不高，所以日文裡也有「ローテーブル」的說法。不過，如果照英文的說法則是"coffee table"。

・薄型テレビ

指體積扁薄的新型電視，例如「液晶テレビ(液晶電視)」、「プラズマテレビ(電漿電視)」等。

・AVボード

AV在這裡是"audiovisual"的縮寫，指「AV機器(視聽器材)」。

・DVDデッキ

泛指DVD播放器，包含只能播放的「DVDプレイヤー」，以及可播放又可錄的「DVDレコーダー」等各種類型。

樓梯	<ruby>階段<rt>かいだん</rt></ruby>
扶手	<ruby>手摺<rt>てす</rt></ruby>り*
儲藏室	<ruby>物置<rt>ものおき</rt></ruby>
吸塵器	<ruby>掃除機<rt>そうじき</rt></ruby>
電風扇	<ruby>扇風機<rt>せんぷうき</rt></ruby>
空調機	エアコン*、<ruby>空調機<rt>くうちょうき</rt></ruby>
冷氣	<ruby>冷房<rt>れいぼう</rt></ruby>、クーラー*
暖氣	<ruby>暖房<rt>だんぼう</rt></ruby>、ヒーター
暖爐，電暖器	ストーブ*、ヒーター*
除濕機	<ruby>除湿機<rt>じょしつき</rt></ruby>
加濕器	<ruby>加湿器<rt>かしつき</rt></ruby>*
空氣清淨機	<ruby>空気清浄機<rt>くうきせいじょうき</rt></ruby>
插座	コンセント
插頭	プラグ
延長線	<ruby>延長<rt>えんちょう</rt></ruby>コード*、<ruby>電源<rt>でんげん</rt></ruby>タップ*
多項電器共用電源	タコ<ruby>足配線<rt>あしはいせん</rt></ruby>*
擺飾品	<ruby>置物<rt>おきもの</rt></ruby>
觀葉植物	<ruby>観葉植物<rt>かんようしょくぶつ</rt></ruby>

☑ 你不可不知

・手摺り

可作「扶手」或是防止摔落用的「欄杆」解釋。

・エアコン、クーラー

一般人常將「エアコン」與冷氣機「クーラー」混用，但有些機種的「エアコン」同時具備了冷暖氣功能。

・ストーブ、ヒーター

「ストーブ」指傳統暖爐，像是「石油ストーブ」、「ガスストーブ」，傳統的石英管電暖器也叫「電気ストーブ」。新式暖爐則喜歡用「ヒーター」命名，例如「オイルヒーター(葉片油熱式電暖器)」「カーボンヒーター(碳素燈式遠紅外線電暖器)」等。

・加湿器

寒帶地區常見的一種小家電，開暖氣時使用，運作原理因機種不同而有差異，傳統機型是藉由噴出水霧，增加空氣中的濕度。

・延長コード、電源タップ

「延長コード」是所有類型延長電線的總稱，線的兩端依用途不同可能有不同造型；「電源タップ」則是一端是插頭，一端接數個插座的傳統延長線。

・タコ足配線

「タコ」即「たこ(章魚)」，一個插座上同時插了太多插頭，在日本人看來就像八爪章魚一樣，很有趣且貼切的比喻。

☑ 這個有意思

冬の快適な過ごし方

　台湾人が冬に日本を旅行すると言うと、たいていセーターを何枚も重ね着したりしますが、その必要はありません。日本の建物はどこにでも暖房器具がついているので、屋内では薄いセーター1枚でも過ごせます。室外と室内の温度差が激しいので、それを調節するためにも、室外では厚めのコートを着て、室内では脱いだほうが快適に過ごせます。

　台灣人冬天到日本旅行時，大多都會穿好幾件毛衣，其實這是不需要的。日本的房子到處都有取暖的設備，在室內時只要一件薄毛衣就很好過了。不過室內室外的溫差太大，在室外還是要穿上厚一點的大衣，進屋時再脫下，這樣才有舒適感。

把你想知道的生活單字記下來：

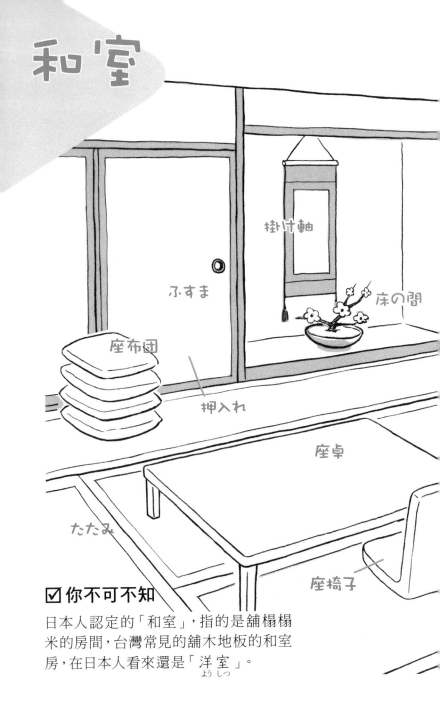

和室

掛け軸

ふすま

床の間

座布団

押入れ

座卓

たたみ

座椅子

☑ 你不可不知

日本人認定的「和室」，指的是舖榻榻米的房間，台灣常見的舖木地板的和室房，在日本人看來還是「洋室」。
ようしつ

認識日本了解日本

■傳統和室的隔間、陳設，對於外國人來說，
許多都相當特殊。

和室	和室（わしつ）
榻榻米	畳（たたみ）
壁龕	床の間（とこま）*
畫軸	掛け軸（かじく）
壁櫥	押入れ（おしいれ） 參見P.79
日式拉門	ふすま*
格子門窗	障子（しょうじ）*
日式暖桌，被爐	こたつ*
和室桌	座卓（ざたく）
和室座墊	座布団（ざぶとん）
和室椅	座椅子（ざいす）
側廊	縁側（えんがわ）*
板窗	雨戸（あまど）*
起居室	茶の間（ちゃま）*
矮桌	ちゃぶ台（だい）*

☑你不可不知

・床の間
和室中靠牆處地板高起的一個區塊，用於擺設藝品，作裝飾用。

・ふすま
日式拉門，在木框門的兩面貼上不透光的紙或布等材質，上頭偶爾會畫上花鳥、山水等圖案裝飾。漢字寫成「襖」。

・障子
半透明的格子狀日式拉門，面板的部分通常是糊紙或可透光材質製成，除了作隔間門之外，也用在窗戶上。

・こたつ
日式暖桌，亦譯成被爐。底桌下方中央有個暖爐，冬天時在底桌鋪上被子保溫取暖，上頭再　　　擺上桌板即可。漢字寫成「炬燵」。

こたつ

・縁側
和室面對庭院或戶外的側廊，為室內空間的延伸。

・雨戸
板窗，在玻璃門窗外加設的板狀遮蔽物，傳統上為木製，可擋風雨、隔音、保溫等。

・茶の間、ちゃぶ台
「茶の間」為早期日本家庭裡飯廳兼客廳的房間隔局，裡面用來充當茶几兼餐桌的就叫「ちゃぶ台」，一般為圓桌，桌腳可折起，方便收納。

☑ 這個有意思

お茶の間の人気者

　日本のテレビ番組を見ていると、「お茶の間のみなさん」や、「お茶の間の人気者」などという言葉を聞くことがあります。「お茶の間」は家族のみんなが集まってお茶を飲む所、つまり「リビング」という意味です。そして、一般家庭ではリビングにテレビを置くことが多いので、「テレビを見ているみなさん」と言う時に「お茶の間のみなさん」と言ったり、「テレビを見ているすべての人に人気がある」と言いたい時に「お茶の間の人気者」と言ったりします。面白いことに、同じリビングを表す「居間」や「客間」などはこのときには使いません。

　観看日本電視節目時，經常可以聽到「お茶の間のみなさん」「お茶の間の人気者」等詞語。「お茶の間」是全家人聚在一起喝茶(吃飯)的房間，也就是「起居室」。一般家庭都是將電視擺在這裡，所以當想要表達「テレビを見ているみなさん」時，有人會説成「お茶の間のみなさん」；或是當想説「テレビを見ているすべての人に人気がある」時，也會以「お茶の間の人気

者」來代替。有趣的是，同樣表示起居室的「居間」和「リビングルーム」在這時就不會這麼使用。

⬛ 把你想知道的生活單字記下來：

廚房

[湯沸かし器]

キッチンラック

包丁

調理台

まな板

流し

オーブン

食器洗い機

ゴミ入れ

※［ ］表示該單字出現在其他單元中

生活單字

廚房	台所（だいどころ）、キッチン
冰箱	冷蔵庫（れいぞうこ）
電鍋	炊飯器（すいはんき）*、電気炊飯器（でんきすいはんき）
流理台	調理台（ちょうりだい）
水槽	流し（台）（ながしだい）、シンク
砧板，切菜板	まな板（いた）
菜刀	包丁（ほうちょう）
瓦斯爐	ガスコンロ*、ガス台（だい）*
烤箱	オーブン
微波爐	電子（でんし）レンジ、レンジ
抽油煙機	（台所（だいどころ）の）換気扇（かんきせん）*、レンジフード*
廚櫃，餐具櫃	食器棚（しょっきだな）、キッチンボード
廚房收納架	キッチンラック*、レンジラック*
燒水壺	やかん、ケトル
洗碗機	食洗機（しょくせんき）*、食器洗い（乾燥）機（しょっきあらいかんそうき）
垃圾桶	ゴミ箱（ばこ）、ゴミ入れ（いれ）

☑ 你不可不知

·炊飯器

日本家庭裡用的電鍋，熱源除了電氣之外，也有瓦斯電鍋「ガス炊飯器」等，所以一般都只稱「炊飯器」。除此之外，也可以作「電気釜」與「ガス釜」的說法。

·ガスコンロ、ガス台

「コンロ」來自平假名「こんろ」，意思是爐灶。日本人使用的瓦斯爐，下方通常有個小烤箱（グリル）設計，主要是用來烤魚，從中也顯見日本人吃魚的飲食傳統。

「ガス台」原本是放置瓦斯爐的流理台，引伸作爐灶的用法；類似說法另有「ガステーブル」，指的是瓦斯爐本身。

·換気扇、レンジフード

「レンジフード」源自英語 "range hood"，意指抽油煙機；「換気扇」其實是通風扇，但日本人也用它來表示「レンジフード」。可能是日本料理較不油膩，日本有許多家庭真的是拿通風扇作抽油煙機使用。

·キッチンラック、レンジラック

「ラック」意思是置物架、掛物架等，前面可以接其他字，例如「キッチンラック」指的是廚房裡的置物架；「レンジラック」則是指放廚房小家電的置物架，「レンジ」在這裡是作廚房電器的代稱。

·食洗機

略稱，完整說法為「食器洗浄機」。只有烘碗功能的烘碗機，日文稱作「食器乾燥機」。

洗剤

スポンジ

蛇口

排水溝

三角コーナー

水切りかご

自來水	水道 (すいどう)
水龍頭	蛇口 (じゃぐち)
廚餘盒	三角コーナー* (さんかく)
海棉，菜瓜布，鍋刷	スポンジ*、たわし*
菜瓜布收納盒	スポンジ入れ* (い)、洗剤ラック (せんざい)
排水管	排水溝* (はいすいこう)、排水管 (はいすいかん)
洗碗精	(食器用)洗剤 (しょっきよう せんざい)
瀝水籃，瀝水架	水切りかご (みずき)、水切りラック (みずき)

☑ 你不可不知

・三角コーナー

日本家庭廚房的水槽裡，通常會在角落放置一個三角形的瀝水籃，用來放廚餘，待瀝乾後再作處理。因為形狀呈三角形，而且又放在角落「コーナー」，故名。

・スポンジ、たわし

「スポンジ」是海棉，日本人都是用這個來清洗餐盤。

「たわし」則是早期一種用植物纖維作成的圓形刷（棕刷），用來刷鍋子等不怕刮傷的器具，後引申為廚房用刷子的代名詞，例如尼龍化纖製成的菜瓜布叫做「ナイロンたわし」，不鏽鋼絲製成的鐵絲刷叫做「ステンレスたわし」。

至於台灣家庭裡常見的一邊是海綿、一邊是菜瓜布的東西，日文的說法是「スポンジたわし」。

・スポンジ入れ

「～入れ」指的是放置、收納某物品的容器，形狀不拘。

・排水溝

「排水溝」是水溝，但一般家庭裡對話所稱的水溝，通常是指排到屋外的水管，有時也指排水孔。

オーブントースター

電気ポット

トースター

鍋敷き

食卓

ホットプレート

IH調理器

餐廳	ダイニング（ルーム）
小烤箱	オーブントースター*
電熱水瓶	電気ポット
電磁爐	IH調理器*、IHクッキングヒータ*
電烤盤	ホットプレート*
餐桌	食卓、テーブル*
鍋墊	鍋敷き*

☑ 你不可不知

‧オーブントースター

「オーブン」指的是可以烤全雞的烤箱,「トースター」
是烤麵包機,兩個字合併則是指烤厚土司片經常用的
小烤箱。

‧IH調理器、IHクッキングヒータ

指電磁爐,如果細分的話,「IH調理器」經常指的是桌
上型,而「IHクッキングヒータ」則是指廚房裡替代瓦
斯爐使用的多爐口電磁爐。

「IH調理器」和「IHクッキングヒータ」,也有人直接簡
稱「IHコンロ」。

‧ホットプレート

就是類似鐵板燒的一塊鐵盤,臺灣家庭不常見,但是
據說在日本的普及率達80%以上,果然是喜歡燒烤、什
錦燒、章魚燒的日本人。

‧テーブル

一般指餐桌、茶几。類義字「デスク」則是指書桌、辦公
桌。而「テーブル」和「デスク」都是「机」,「机」是
桌子的通稱。

‧鍋敷き

墊在鍋子下隔熱用的墊子,類義字「鍋つかみ」指的
是拿燙的器皿時使用的隔絕物,常見的有如下圖的隔
熱手套「オーブンミトン」。

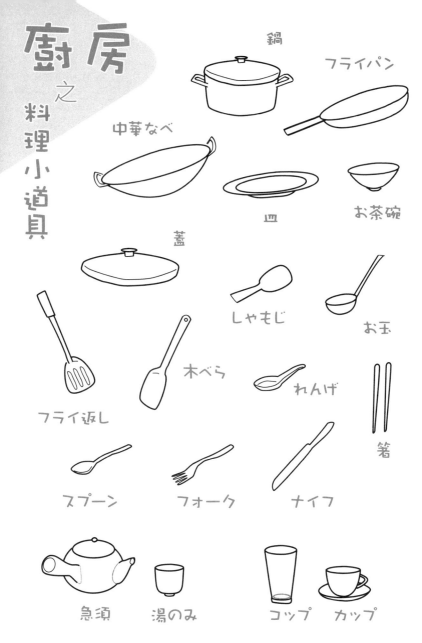

廚房 之
料理小道具

鍋
フライパン
中華なべ
皿
お茶碗
蓋
しゃもじ
お玉
木べら
れんげ
箸
フライ返し
スプーン
フォーク
ナイフ
急須
湯のみ
コップ
カップ

果物ナイフ

コルク抜き

下ろし金

皮むき器

栓抜き

缶切り

ミキサー

レモン搾り器

泡立て器

ざる

ボール

ホイル

ラップ

雑巾

布巾

生活單字

鍋子	なべ 鍋
平底鍋	フライパン
中式炒菜鍋	ちゅうか 中華なべ
蓋子	ふた 蓋
盤子	さら 皿
碗	ちゃわん お茶碗[*]、お碗[*]、お椀[*]
飯匙	しゃもじ
湯勺	たま たま お玉、玉じゃくし
鍋鏟	がえ き フライ返し[*]、木べら[*]
筷子	はし 箸
調羹，湯匙	れんげ[*]
西式湯匙	スプーン[*]
叉子	フォーク
西餐刀	ナイフ
茶壺	きゅうす 急須[*]
茶杯	ゆ ゆ ちゃわん 湯のみ[*]、湯のみ茶碗[*]

☑ 你不可不知

・お茶碗、お碗、お椀

「茶碗」是陶瓷碗的總稱，但如果說「お茶碗」，一般指的是吃飯時用的「ご飯茶碗、めし茶碗」。「お茶碗」有時也簡稱「お碗」。

「お椀」指的是木做的碗，主要是喝湯用，

・フライ返し、木べら

「フライ返し」即一般常見的鍋鏟，「木べら」則是指木煎鏟，是西式料理用的鍋鏟，形狀比中式鍋鏟扁平，除了木頭還有其他材質。「へら」指的是刮刀，例如「ゴムべら」就是橡皮刮刀。

・れんげ、スプーン

「れんげ」和「スプーン」是不同形狀的湯匙，「れんげ」是中式調羹，漢字寫作「蓮華」，取其外型類似蓮花花瓣而命名。

・急須

「急須」指的是泡茶用的小茶壺，日式茶壺的造型是側邊附把手，材質多為陶器。

・湯のみ、湯のみ茶碗

喝茶時用的陶瓷杯子稱為「湯のみ」，全名是「湯のみ茶碗」。注意不要受到漢字影響。日文的「湯」指的是溫水、熱水，「のみ」可寫成「呑み」或「飲み」。

水杯，茶杯 (無把手)	コップ*、グラス*
茶杯 (有把手)	カップ*
水果刀	果物ナイフ くだもの
磨泥器	下ろし金*、下ろし器* お　がね　　　お　き
削皮器	皮むき器、ピーラー かわ　き
開罐器	缶切り かん き
開瓶器	栓抜き せん ぬ
紅酒開瓶器	コルク抜き ぬ
果汁機	ミキサー*、ジューサー*
榨汁器	レモン絞り器 しぼ　き
打蛋器	泡立て器 あわ だ き
盆子	ボール
瀝水籃	ざる
保鮮膜	（食品用）ラップ* しょくひんよう
鋁箔紙	ホイル*、アルミホイル*
廚房紙巾	キッチンペーパー 圖見P.41
抹布，擦碗巾	布巾* ふ きん
抹布，地板抹布	雑巾* ぞうきん

☑ 你不可不知

・コップ、グラス、カップ

「コップ」指的是水杯，材質不拘，通常是玻璃杯「グラス」；「カップ」則是指咖啡杯等有把手的杯子，材質多半是陶瓷，例如馬克杯的日文是「マグカップ」。

・下ろし金、下ろし器

主要是將食材（白蘿蔔、山藥、山葵等）磨成泥狀。類似的料理工具另有「スライサー」，但主要是作切片、刨絲使用。

・ミキサー、ジューサー

「ミキサー」經常與「ジューサー」混淆，打果汁時連渣帶汁的是「ミキサー」，有過濾功能的是「ジューサー」。

・ラップ

「ラップ」是「ラップフィルム」的縮略，可作動詞「〜をラップする」，意指用保鮮膜包起來。

・ホイル、アルミホイル

「アルミホイル」通常簡稱「ホイル」，專指作菜時使用的成捲鋁箔紙，也可以作「アルミ箔（はく）」，但後者也泛指所有鋁箔類產品。

・布巾、雑巾

日本人依用法區分抹布為「布巾」及「雑巾」，其中「布巾」又分擦乾餐具用的擦碗布（食器拭（しょっきふ）き），與擦拭餐桌時用的廚房抹布（台拭（だいふ）き）。「雑巾」則主要指打掃時擦拭地板或窗戶髒污、灰塵時的地板抹布。

調味料

調味料	調味料 ちょうみりょう
鹽	塩 しお
胡椒	こしょう*
傳統味精	化学調味料* かがくちょうみりょう
砂糖	砂糖 さとう
醬油	しょうゆ*
醋	酢 す
酒	酒 さけ
油	油 あぶら
味醂	味醂* みりん
味噌	味噌 みそ
美乃滋	マヨネーズ*
高湯	だし*、出し汁* だ じる
高湯粉・高湯塊	コンソメ*、ブイヨン*

☑ 你不可不知

・こしょう

漢字寫成「胡椒」，但多半用假名。

・化学調味料

傳統味精，因為是化學合成物，故名。

・しょうゆ

漢字寫成「醬油」，某些拉麵店會將醬油口味寫成「正油」，但字典不收錄。

・味醂

一種用酒加蒸熟的糯米以及麴混合後發酵釀成的日式調味料，味甜，所以也有人稱為甜料酒。

・マヨネーズ

台灣的美乃滋味甜，日本的美乃滋味酸。

・だし、出し汁

指高湯，日本傳統高湯是用昆布或柴魚片、香菇，有時還會加上小魚干熬製而成。

・コンソメ、ブイヨン

西式高湯，通常是牛肉或雞肉口味，市面上多做成高鮮味精販售。「コンソメ」屬於清湯類，「ブイヨン」則是濃縮高湯。

☑ 這個有意思

調味料 さしすせそ

　和食の調味料は「さしすせそ」の順番で入れなさいとよく言われます。「さ」は砂糖、「し」は塩、「す」は「酢」、「せ」はしょうゆ、（昔はせいゆと書いた）「そ」は味噌を表します。昔の人の知恵はすばらしいもので、この順番には科学的根拠もあります。砂糖は浸透するのが遅いので早く入れて味をしみこませたほうがいいです。塩は材料の水分を外に出す作用があって、うまみを凝縮します。酢は加熱すると蒸発しやすいので、早くいれないほうがよい。しょうゆや味噌はともに香りが大切な調味料なので最後に入れたほうが香りがいいということです。

　日式料理有個說法是放調味料要按照「さしすせそ」的順序。「さ」是砂糖，「し」是鹽，「す」是醋，「せ」是醬油（從前寫成せいゆ），「そ」是味噌。這是先人們的智慧，而且也有科學根據。砂糖的滲入速度慢，所以要早放才能入味。鹽有去水的功用，可以將食材的美味濃縮。醋加熱後容易蒸發，所以不能太早放。而醬油和味噌則都是增添香味的重要調味料，所以要最後放，香味才會好。

☑ 就是想知道

問：開飲機的日文怎麼說？

日本一般家庭裡使用的是「電気ポット」，我們在台灣家庭裡常見的開飲機，據說在日本通常是藥局或醫院才見得到。開飲機或飲水機的日文是「ウォータークーラー(註：部分機種只有冷水功能)」或「ウォーターディスペンサー」。

問：瓦斯桶的日文怎麼說？

日本的家庭瓦斯供應系統也是分成管線天然氣和桶裝瓦斯兩種，但和台灣不同的是，日本法令規定超過8kg以上的桶裝瓦斯不可放置屋內（註：台灣家庭用瓦斯通常為20kg），所以日本家庭裡一般看不到瓦斯桶，使用的瓦斯桶多置於屋外或大樓地下室，而且一次最少兩瓶，一瓶作為備用。瓦斯公司的人會定期查看，主動更換，不須用戶打電話催促。瓦斯桶的日語是「ガスボンベ」。

自己**動腦**記得更快

ごみ　　　（垃圾）
生^{なま}ごみ　（廚餘）

ごみ^{ぶくろ}袋（垃圾袋）　　ごみ箱^{ばこ}（垃圾桶）

燃^{もえ}るごみ　　燃^{もえ}ないごみ
可燃^{かねん}ごみ　　不燃^{ふねん}ごみ　　資源^{しげん}ごみ　　粗大^{そだい}ごみ
（可燃垃圾）　（不可燃垃圾）　（資源垃圾）　（大型垃圾）

■你知道下列可回收資源的日文怎麼說嗎？

空瓶(飲食用)
空罐(飲食用)
保特瓶(飲食用)
紙盒
紙箱
報紙
乾電池
塑膠類包裝紙/塑膠類容器

> **小叮嚀：**
> 在日本，空瓶、空罐、保特瓶類的資源回收通常只限飲料食品類。油品、藥品等其他空瓶空罐，則依各地區的規定辦理。

➡ 把你想知道的生活單字記下來：

解答：

ペットボトル（塑膠瓶） 送ろごみ（廚餘用） 錏なべ（廚餘用）タンポール

新聞紙（しんぶんし） 乾電池（かんでんち） 塑膠包裝 プラスチック

衛浴

洗面所

ドライヤー

洗濯洗剤

柔軟剤

漂白剤

歯ブラシ

洗顔料

鏡

タオル掛け

タオル

収納棚

歯磨き

くし

洗面台

[洗濯物]

ひげそり

脱衣かご

洗濯機

足拭きマット

※ [ ] 表示該單字出現在其他單元中

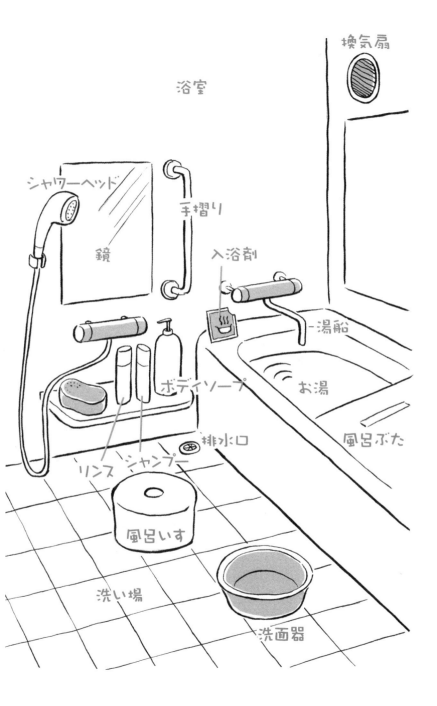

換気扇

浴室

シャワーヘッド

手摺り

鏡

入浴剤

湯船

ボディソープ

お湯

リンス　シャンプー

排水口

風呂ぶた

風呂いす

洗い場

洗面器

 **生活單字**

浴室	浴室（よくしつ）、風呂場（ふろば）、お風呂（ふろ）*
浴缸	湯船（ゆぶね）*、浴槽（よくそう）*、バスタブ*
熱水	お湯（ゆ）
扶手	手摺（てす）り
浴缸蓋	ふた、風呂（ふろ）ぶた*
通風扇	換気扇（かんきせん）
熱水器	給湯器（きゅうとうき）*、湯沸（ゆわ）かし器（き）*
沐浴區	洗（あら）い場（ば）*
蓮蓬頭	シャワーヘッド
水龍頭	蛇口（じゃぐち）
鏡子	鏡（かがみ）
毛巾	タオル
臉盆	洗面器（せんめんき）*、湯桶（ゆおけ）*
浴室凳	風呂（ふろ）いす
磁磚	タイル
排水孔	排水口（はいすいこう）

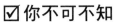

☑ 你不可不知

・お風呂

「お風呂」是個多義字，可以是洗澡，可以是洗澡水，也可以是浴室。簡單歸納就是，日本人看「お風呂」這個字，包含了入浴的一切大小事。

・湯船、浴槽、バスタブ

「バスタブ」為外來語，指的是西式浴缸，亦可作「浴槽」或「湯船」，但如果是傳統的檜木桶或浴池等，就只能作「浴槽」或「湯船」。二種說法幾乎一樣，差別只在於有「(○)大浴槽」但沒有「(×)大湯船」的說法。

・風呂ぶた

日本人習慣共用一缸水泡澡，所以會有個澡盆蓋，自己泡完澡但後面還有人要洗時，就先蓋上去保溫。

・給湯器、湯沸かし器

二者同義，但供浴室使用的一般稱「給湯器」，供廚房與洗臉台使用的瞬間加熱器經常作「湯沸かし器」。

・洗い場

字面上的意思是作為洗滌處，泛指洗衣或洗碗等的場所，這裡指的是洗澡的地方。

・洗面器、湯桶

多數日本人的家裡都是用小臉盆「洗面器」充當舀水盆洗澡。傳統的洗澡舀水盆「湯桶」是木製的，在溫泉勝地裡經常看到。

香皂，沐浴乳	せっけん*、ボディソープ*
入浴劑，溫泉粉	<ruby>入浴剤<rt>にゅうよくざい</rt></ruby>
洗髮精	シャンプー(<ruby>剤<rt>ざい</rt></ruby>)
潤髮精	リンス(<ruby>剤<rt>ざい</rt></ruby>)
護髮產品	トリートメント(<ruby>剤<rt>ざい</rt></ruby>)
地墊，擦腳墊	マット、<ruby>足<rt>あし</rt></ruby><ruby>拭<rt>ふ</rt></ruby>きマット
洗臉脫衣室	<ruby>洗面所<rt>せんめんじょ</rt></ruby>*、<ruby>洗面脱衣室<rt>せんめんだついしつ</rt></ruby>
洗臉台，洗臉槽	<ruby>洗面台<rt>せんめんだい</rt></ruby>、<ruby>洗面器<rt>せんめんき</rt></ruby>*
止水塞	ゴム<ruby>栓<rt>せん</rt></ruby>*、<ruby>排水栓<rt>はいすいせん</rt></ruby>*
毛巾架	タオル<ruby>掛<rt>が</rt></ruby>け
浴巾	バスタオル
洗衣機	<ruby>洗濯機<rt>せんたくき</rt></ruby>*
烘衣機	<ruby>衣類乾燥機<rt>いるいかんそうき</rt></ruby>
待洗衣物籃	<ruby>脱衣<rt>だつい</rt></ruby>かご
要換穿的衣物	<ruby>着替<rt>きが</rt></ruby>え*
洗衣粉，洗衣精	<ruby>洗濯洗剤<rt>せんたくせんざい</rt></ruby>
衣物柔軟精	<ruby>柔軟剤<rt>じゅうなんざい</rt></ruby>
漂白水，漂白劑	<ruby>漂白剤<rt>ひょうはくざい</rt></ruby>

☑ 你不可不知

・せっけん、ボディソープ

「せっけん」多為塊狀，「ボディソープ」指的是沐浴乳，又作「ボディシャンプー」。

・洗面所

意指洗臉兼洗澡時脫衣的空間，通常緊鄰浴室。完整名稱為「洗面脱衣所」。
<small>せんめんだつ い じょ</small>

・洗面器

「洗面器」除了舀水用的臉盆含意之外，有時也指洗臉台的洗臉槽。

・ゴム栓、排水栓

「ゴム栓」指的是洗臉台上用一條鏈子鏈著的橡膠塞子，「排水栓」則沒有限定形式，所以可能是橡膠塞子也可能是金屬做的止水塞拉桿等。當然，你也可以直接說「排水口の蓋」，這時就不限材質或形狀。
<small>ふた</small>

・洗濯機

如果是洗衣兼烘衣的機型，日文稱為「洗濯乾燥機」。

・着替え

換下來要清洗的髒衣服則是稱為「洗濯物」。
<small>せん たくもの</small>

收納櫃，收納架	収納棚*、ラック*
牙刷	歯ブラシ
牙膏	歯磨き粉*、練り歯磨き
刮鬍刀，除毛刀	ひげそり*、かみそり*、シェーバー*
吹風機	ドライヤー
梳子	ヘアブラシ*、くし*
頭髮造型劑	整髪料、スタイリング剤
洗面乳	洗顔料
化粧水	化粧水、ローション
乳液	乳液
精華液	美容液
乳霜	クリーム
基礎保養品	(基礎)化粧品*
彩妝，化妝品	(メーキャップ)化粧品*
粉底	ファンデーション
睫毛膏	マスカラ
口紅	口紅
指甲油	マニキュア

☑你不可不知

・収納棚、ラック

二者都是收納用的家具，只不過「収納棚」通常是櫃子，而「ラック」則是指棚架。

・歯磨き粉

「歯磨き粉」雖然有個「粉」字，但現在看到的通常是牙膏狀，有時省略作「歯磨き」。

・ひげそり、かみそり、シェーバー

「ひげそり」專指刮鬍刀，「ひげ」是鬍子。

「かみそり」泛指剃刀、除毛刀，同時也包含刮鬍刀。

「シェーバー」指的是電動式刮鬍刀或除毛刀，亦作「電気シェーバー」。

・ヘアブラシ、くし

「ヘアブラシ」通常用來指齒梳立起的梳子，而「くし」的漢字寫作「櫛」，嚴格來說指的是扁梳，但在日常生活中二者經常混用。

・化粧品

「化粧品」前面加上「基礎」，就成了基礎保養品。相對的詞是「メーキャップ化粧品」。

手洗い

手拭タオル

便座

トイレットペーパー

トイレブラシ

便器

トイレスリッパ

廁所	トイレ*
馬桶，馬桶座	便器、便座
洗手盆	手洗い(器)*
擦手巾	手拭タオル
衛生紙	トイレットペーパー*
馬桶刷	トイレブラシ*
廁所拖鞋	トイレスリッパ、便所スリッパ

☑ 你不可不知

・トイレ

除了「トイレ」,「廁所」的日語還有「便所、お手洗い、化粧室」等。「便所」如同字面,就是上大小便的地方,說法非常直接。「お手洗い」是指洗手的地方,「化粧室」是補妝的地方,二者都是委婉的說法,相較於「便所」的粗俗感,「お手洗い、化粧室」的說法感覺較有教養。

・手洗い器

有些日本家庭的廁所裡沒有洗手台,聰明的日本人就在馬桶水箱上設了一個出水口,馬桶沖水的同時流出水供人洗手,洗完手後的水再流到水箱裡,省水又環保。

・トイレットペーパー

日本人上廁所,衛生紙是直接丟到馬桶沖掉的,許多台灣觀光客習慣將用過的衛生紙丟進廁所裡的小垃圾桶,對此,有些觀光地的廁所甚至出現了用中文寫著「請將衛生紙丟進馬桶裡沖掉」的使用注意事項。

・トイレブラシ

廁所掃除用具除了馬桶刷,通常還會有通便器,日文叫做「ラバーカップ」,別稱「トイレのスッポン」。「すっぽん」是指咬住東西就不放的「鱉」,日本人用「廁所裡的鱉」來形容通馬桶的通便器,非常有意思。

☑ 這個有意思

日本の浴室

　台湾の一般的な家では、浴室の中にトイレとバスタブがあることが多いですが、日本の一般的な家庭では、浴室と洗面所とトイレはそれぞれ独立した空間になっています。一般家庭では洗面所と脱衣所が一緒になっていて、洗濯機もここに置くことが多いです。

　台灣一般家庭裡的浴室，許多都是廁所和浴缸在一起。但是在日本，一般家庭裡的浴室、洗臉間、廁所卻是各自獨立的空間。洗臉間通常還兼洗澡脫衣間，不少家庭的洗衣機也是放在這兒。

註：近幾年也有日本家庭將浴室改成「UB(=Unit Bath)」（一體成型衛浴），指的是包含浴缸與廁所的標準化組裝，從裝設到完成據說僅需4～6小時，普遍應用於旅館以及單身公寓。

把你想知道的生活單字記下來：

房間

ぬいぐるみ

クローゼット

電気スタンド

ベッド

パジャマ

枕

布団

目覚まし時計

マットレス

チェスト

※ [ ] 表示該單字出現在其他單元中

CDプレーヤー

姿見

だんす

テ[マスカラ]

ドレッサー

[化粧品]

部屋

収納ボックス

 生活單字

房間	部屋 （へや）
床	ベッド
床墊	マットレス、ベッドマット
棉被	布団 （ふとん）
枕頭	枕 （まくら）
梳妝台	ドレッサー、鏡台[*] （きょうだい）
衣櫥，壁櫥	クローゼット[*]、クロゼット[*]
收納箱	収納ボックス （しゅうのう）
穿衣鏡，全身鏡	姿見、スタンドミラー[*] （すがたみ）
抽屜式置物櫃，五斗櫃	チェスト
立燈，檯燈	電気スタンド、スタンドライト （でんき）
ＣＤ播放器	CDプレーヤー
鬧鐘	目覚まし時計 （めざ）（どけい）
桌子	机 （つくえ）
睡衣	パジャマ[*]、寝巻き[*]、ネグリジェ[*] （ねま）
布偶	縫いぐるみ （ぬ）

☑ 你不可不知

·鏡台

「鏡台」是梳妝台的日式說法，傳統的和式梳妝台沒有桌腳，造型像個化妝箱，鏡子是收納式的。

附帶一提，不少日本女生會在洗臉台洗臉化妝，那種設有許多收納空間的大型洗臉台，日文就叫做「洗面化粧台」。
せんめん
け しょうだい

·クローゼット、クロゼット

「クローゼット」或「クロゼット」都可以，一般寫成長音。意指木匠到宅量尺寸訂作的嵌入式衣櫥，內有橫桿可吊衣服，空間變化大，還可收藏雜物等，大一點的像個小房間，人可以走進去，例如歐美常見的可充當更衣間的衣櫥就叫做「ウォークインクローゼット」。

附帶一提，人可以走進去的鞋櫃則叫作「シューズインクローゼット」。

·スタンドミラー

「スタンドミラー」指的是立鏡，分為桌上立鏡與全身立鏡兩種，這裡指的是全身鏡。

·パジャマ、寝巻き、ネグリジェ

嚴格來說，「パジャマ」指的是兩件式的睡衣睡褲，「寝巻き」也寫作「寝間着」，如字面所示，指的是睡覺時穿的衣服，適用範圍比「パジャマ」大。

女性穿的單件式睡衣另外有個名稱：「ネグリジェ」。

房間 之 和室

[廊下]

鏡台

たんす

[たたみ]

[洗濯物]

[フローリング]

※ [ ] 表示該單字出現在其他單元中

布団

押入れ

たんす

布団乾燥機

掛け布団

枕

敷き布団

アイロン台

アイロン

西式房間	<ruby>洋<rt>よう</rt></ruby><ruby>室<rt>しつ</rt></ruby>
日式房間	<ruby>和<rt>わ</rt></ruby><ruby>室<rt>しつ</rt></ruby>
寝具	<ruby>寝<rt>しん</rt></ruby><ruby>具<rt>ぐ</rt></ruby>
蓋被	<ruby>掛<rt>か</rt></ruby>け<ruby>布<rt>ぶ</rt></ruby><ruby>団<rt>とん</rt></ruby>
墊被，褥墊	<ruby>敷<rt>し</rt></ruby>き<ruby>布<rt>ぶ</rt></ruby><ruby>団<rt>とん</rt></ruby>*
羽絨被	<ruby>羽<rt>う</rt></ruby><ruby>毛<rt>もう</rt></ruby><ruby>布<rt>ぶ</rt></ruby><ruby>団<rt>とん</rt></ruby>
毛毯	<ruby>毛<rt>もう</rt></ruby><ruby>布<rt>ふ</rt></ruby>
電毯	<ruby>電<rt>でん</rt></ruby><ruby>気<rt>き</rt></ruby><ruby>毛<rt>もう</rt></ruby><ruby>布<rt>ふ</rt></ruby>
薄被	<ruby>肌<rt>はだ</rt></ruby><ruby>布<rt>ぶ</rt></ruby><ruby>団<rt>とん</rt></ruby>*、<ruby>肌<rt>はだ</rt></ruby><ruby>掛<rt>か</rt></ruby>け<ruby>布<rt>ぶ</rt></ruby><ruby>団<rt>とん</rt></ruby>*
被單	<ruby>布<rt>ふ</rt></ruby><ruby>団<rt>とん</rt></ruby>カバー
床單，床包	ベッドシーツ*、ボックスシーツ*
保潔墊	ベッドパッド*
衣櫥，衣櫃	たんす*
壁櫥	<ruby>押<rt>おし</rt></ruby><ruby>入<rt>い</rt></ruby>れ*
烘棉被機	<ruby>布<rt>ふ</rt></ruby><ruby>団<rt>とん</rt></ruby><ruby>乾<rt>かん</rt></ruby><ruby>燥<rt>そう</rt></ruby><ruby>機<rt>き</rt></ruby>*
熨斗	アイロン
蒸汽熨斗	スチームアイロン
熨衣板，燙馬	アイロン<ruby>台<rt>だい</rt></ruby>

☑ 你不可不知

‧敷き布団

日本傳統寢具除了蓋的被子之外，還有鋪的被子，用來阻絕地板下傳來的寒氣，躺起來也舒服。只是，名稱上雖然是「布団」，常見的卻是像折疊式褥墊。

‧肌布団、肌掛け布団

「肌布団」是「肌掛け布団」的簡稱，指夏天蓋的薄被。

‧ベッドシーツ、ボックスシーツ

指用來鋪床的床單，「ボックスシーツ」尤其是指周邊加縫鬆緊帶的床包，又稱「ボックスカバー」。

‧ベッドパッド

「ベッドパッド」是指鋪在床墊與床包或床單之間的薄墊，與床包和床單都屬於西式睡床的寢具。

‧たんす

「たんす」亦常作片假名「タンス」，指的是放衣服的五斗櫃（＝チェスト），或是包含抽屜與吊掛衣服空間的可搬動式衣櫃。

‧押入れ

指和室的壁櫥，壁櫥門為日式拉門（ふすま），內部空間用一片木板隔成上下兩層，用於收納棉被及雜物等。

‧布団乾燥機

棉被乾燥機。外形像連結著大型空氣袋的吸塵器，但吹出的是熱風，使用時將空氣袋置於蓋被與褥墊中間，利用熱氣烘烤。

書斎

カレンダー

デスクライト

カラーボックス

本棚

ペン立て

デスク

パソコン

引き出し

書房	書斎[*]、勉強部屋[*]
書桌	デスク、学習机、勉強机
書桌檯燈	デスクライト、デスクスタンド
抽屜	引き出し
筆筒	ペン立て
月曆	カレンダー
書架	本棚
收納櫃，置物櫃	カラーボックス[*]
電腦	パソコン[*]

☑ 你不可不知

・書斎、勉強部屋

「書斎」通常是指大人的書房，「勉強部屋」則多用於表示小孩K書用功的專屬空間。

・カラーボックス

和製英語，是由"color+box" 組合而成。通常是3層或4層，也有2層的小矮櫃，因為顏色多樣，故名。

・パソコン

意思是「個人電腦」，日常生活中的一般電腦，日本人通常使用這個說法來表示，即「パーソナルコンピュータ (personal computer)」的略語。

☑ 這個有意思

布団生活

　夜寝る前に布団を敷いて、朝起きたら片付けて押入れにしまう、一見とても面倒なようですが、実はとても便利なのです。まず、日本の家屋は狭いと言われますが、布団なら昼間は押入れにしまっておくので部屋を広く使うことができます。また、重いベッドを動かしてベッドの下を掃除するのは大変なことですが、布団なら毎日掃除ができて衛生的です。天気がいい日には布団を干して日光消毒することもできます。

　晚上睡覺前舖被子、早上醒來後將被子收進壁櫥，這種舉動看似麻煩，其實挺方便的。首先，大家都說日本的房子小，但白天把棉被收進壁櫥後，房間可供使用的空間就變大了。另外，搬動笨重的床打掃床下可是件辛苦的事，如果是棉被的話不但可以每天打掃，很衛生，天氣好時還可以把棉被拿去曬太陽消毒。

把你想知道的生活單字記下來：

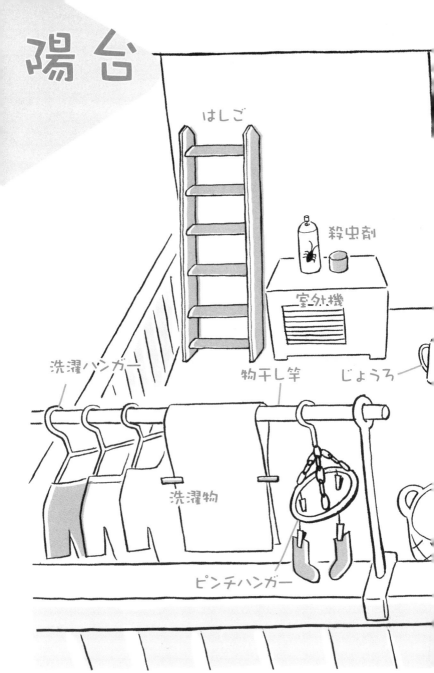

陽台

はしご

殺虫剤

室外機

洗濯ハンガー

物干し竿

じょうろ

洗濯物

ピンチハンガー

ラティス

網戸

鉢植え

鉢

スコップ

軍手

プランター

生活單字

紗窗，紗門	<ruby>網戸<rt>あみど</rt></ruby>
空調室外機	<ruby>室外機<rt>しつがいき</rt></ruby>
陽台庭園	ベランダガーデン
格子棚架	ラティス *、トレリス *
盆栽	<ruby>鉢植え<rt>はちう</rt></ruby> *、<ruby>盆栽<rt>ぼんさい</rt></ruby> *
花盆	<ruby>植木鉢<rt>うえきばち</rt></ruby>、<ruby>鉢<rt>はち</rt></ruby> *、プランター *
澆水壺	じょうろ
水管	ホース
棉布工作手套	<ruby>軍手<rt>ぐんて</rt></ruby>
鏟子	スコップ
殺蟲劑	<ruby>殺虫剤<rt>さっちゅうざい</rt></ruby>
梯子	<ruby>脚立<rt>きゃたつ</rt></ruby> *、はしご *
洗好的衣服	<ruby>洗濯物<rt>せんたくもの</rt></ruby> *
曬衣竿	<ruby>物干し竿<rt>ものほ ざお</rt></ruby>
曬衣夾	<ruby>洗濯バサミ<rt>せんたく</rt></ruby>
曬衣架	<ruby>洗濯ハンガー<rt>せんたく</rt></ruby> *、ピンチハンガー *

☑ 你不可不知

陽台

・ラティス、トレリス

「トレリス」是指提供爬藤植物攀爬的園藝用棚架，造型不拘，多為木製。「ラティス」則比較像是木圍籬，通常用來遮蔭或維護隱私。二者的造型有時很類似，因此時常被混用。

・鉢植え、盆栽

中文的盆栽，意思是栽種於盆中的花卉樹木，但日文的「盆栽」，指的是種在盆中的微型樹木，如果是花或觀葉植物，日本人稱作「鉢植え」。

・鉢、プランター

「プランター」專指長條型的盆栽容器，「鉢」則通常是圓型。

・脚立、はしご

「脚立」指梯凳，或是可以拉開呈A字形站立的活梯。「はしご」是必須靠著牆或屋簷等支撐物使用的單面梯子。

・洗濯物

洗前洗後的衣物都是「洗濯物」，也就是既是要洗的衣服，也指洗好的衣服。

・洗濯ハンガー、ピンチハンガー

「洗濯ハンガー」為曬衣架的統稱，其中，上頭有許多曬衣夾的方形或圓形曬衣架，稱為「ピンチハンガー」。一般常見的鐵絲衣架，日文是「針金ハンガー」。
はりがね

87

☑ 這個有意思

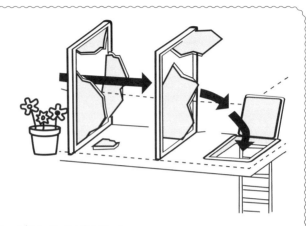

ベランダは共用部分？

　日本ではマンションのベランダは、いざという時の避難経路となるため、全住人の共用部分としています。万一の場合は隣との隔て板を破り、避難ハッチを使って避難します。そのため、台湾でよくあるベランダの増築などはまず見られません。ただし、各戸の専用使用は認められているので、ベランダを物干し場だけでなく、物置に利用したり、ガーデニングに興味を持つ人が花を置いたりすることもあります。隔て板のすぐ近くにはすぐに動かせない物は置かないなどの規則があります。しかし、避難通路の確保と趣味の両立は住人のモラルに任せるしかありません。

在日本，公寓陽台屬於逃生通道，是全住戶共有的公共設施。一旦有緊急事故，可以打破兩戶之間相鄰的隔板，利用逃生口避難。所以，我們在台灣常見的陽台加蓋，在日本基本上是看不到的。只不過，陽台平時允許各戶專用，所以不少住戶不只把陽台當成曬衣場，還充當儲物間等，也有對園藝有興趣的人把花就擺在陽台上。雖然明文規定隔板附近禁止放置任何不能立即移動的物品，但要如何兼顧逃生通道的暢通與興趣，只能仰賴住戶的道德了。

把你想知道的生活單字記下來：

○ ○ 城市

街　道
車　站
郵　局
銀　行
商　店
百　貨
餐　館

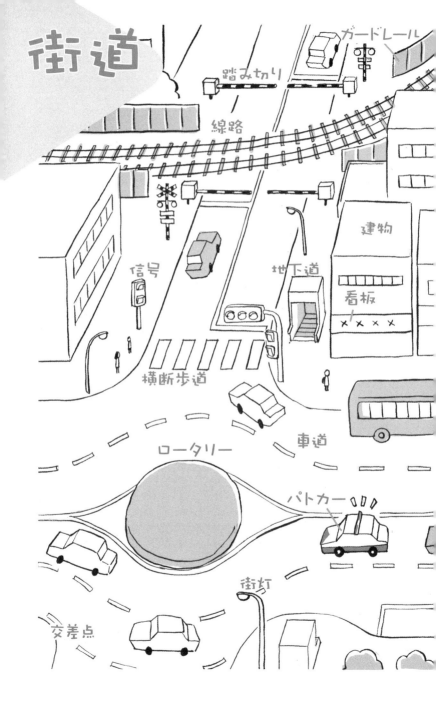

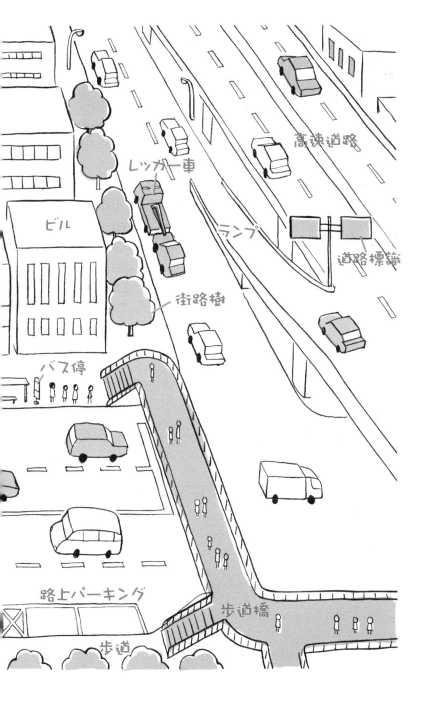

高速道路

レッカー車

ランプ

道路標識

ビル

街路樹

バス停

路上パーキング

歩道橋

歩道

生活單字

建築物	たてもの 建物
大樓	こうそう ビル、高層ビル
摩天樓	ちょうこうそう　　まてんろう 超高層ビル*、摩天楼
道路、街道	どうろ　みち　とお 道路、道*、通り*
路燈	がいとう　がいろとう 街灯、街路灯
行道樹，路樹	がいろじゅ 街路樹
交通標誌	どうろひょうしき　こうつうひょうしき 道路標識、交通標識
電線桿	でんちゅう　でんしんばしら 電柱、電信柱
招牌	かんばん 看板
車道	しゃどう 車道
人行道	ほどう 歩道
人行道緣石	えんせき 縁石
交叉口，十字路	こうさてん　　じゅうじろ 交差点*、十字路*
紅綠燈	しんごう 信号*
行人穿越道，斑馬線	おうだんほどう 横断歩道
路邊停車格	ろじょう　　　　　　ろじょうちゅうしゃじょう 路上パーキング、路上駐車場

94

☑你不可不知

・超高層ビル

「高層ビル」在日本消防法的定義上指的是距離地面31公尺以上的建築物，以一層樓3~4公尺樓高計算，大概是8~10層樓以上的建築物。但在都會區，建築物動輒十幾層樓高，二三十層樓高的也比比皆是，因此在稱呼這類建築物時便在前面加上「超」字，稱為「超高層ビル」，也就是「摩天楼」。例如「台北101」就是「超高層ビル」。

・道、通り

巷子、小路的日語可以說成「横道」、「わき道」「横丁」、「路地」、或是「裏通り」……。

・交差点、十字路

「交差点」的意思是交叉路口，或多叉路口，凡是兩條或兩條以上道路交叉都可稱之。而「十字路」則是專指兩條道路交叉的十字路口。

・信号

「信号」通常是指紅綠燈，其中也包含了行人號誌燈「歩行者専用信号」。

天橋	歩道橋、橋 （ほどうきょう、はし）
地下道	地下道 （ちかどう）
轉角，街角	角、街角 （かど、まちかど）
彎道	カーブ
隧道	トンネル
高架橋	高架橋、橋 （こうかきょう、はし）
圓環	ロータリー
高速公路	高速道路 （こうそくどうろ）
分隔護欄	ガードレール
路肩	路肩 （ろかた）
交流道	インターチェンジ*、ジャンクション*
交流道匝道	ランプ*
收費站	料金所 （りょうきんじょ）
休息站	サービスエリア*、パーキングエリア*
拖吊車	レッカー車 （しゃ）
警車	パトカー*
鐵軌	線路 （せんろ）
平交道	踏み切り、踏切 （ふみきり、ふみきり）

☑ 你不可不知

・インターチェンジ、ジャンクション、ランプ

「インターチェンジ」有時簡稱「インター」或英語縮寫 "IC"，是指高速公路與地區道路的連結通道。「ジャンクション」的英語縮寫則是"JCT"，指的是高速公路彼此間的切換連結道路，在日文裡二者有些不同。

「ランプ」意指進出交流道時的斜坡道、引道。

・サービスエリア、パーキングエリア

「サービスエリア」英語縮寫為"SA"，在日本通常是指可提供加油服務的高速公路休息站。「パーキングエリア」英語縮寫是"PA"，指的是沒有加油站的休息站。

・パトカー

指警察執勤時使用的汽車，用途包括取締交通、搜查、巡邏等，其中刻意不做警車標識的偽裝車叫做「覆面パトカー」。

附帶一提，交通警察騎乘的摩托車叫做「白バイ」，意思是白色摩托車「白いバイク」，日本交通警察騎乘的摩托車是白色的，因此有了這個名稱。

街道

☑ 這個有意思

信号の順番？

　信号の一番左は何色ですか？真ん中は？答えは左から青、黄色、赤と決まっています。信号の色で一番大切なのは赤です。即座に判断しなければならないからです。そのため、ドライバーが一番意識しやすい位置にしてあるそうです。雪国の信号は縦になっていますが、一番高く見やすいところが赤です。何気ない物にもちゃんと理由があるんですね。

　紅綠燈最左邊的燈是什麼色？中間的呢？答案是由左到右一定是綠色、黃色、紅色。紅綠燈最重要的顏色是紅色，因為必須立刻下判斷。據說就是因為這樣，所以擺在讓駕駛人最容易注意到的位置。北國地區的紅綠燈是直式的，但是最高最容易看見的地方擺的也是「紅色」。看來一些我們不以為意的事物，其實也是經過仔細思考的呢！

☑ 就是想知道

問：日本的紅綠燈排列順序和台灣不同？

你知道嗎？台灣的紅綠燈由左到右分別是紅燈、黃燈、綠燈，日本的則是綠燈、黃燈、紅燈。為什麼會有不同呢？給你一個線索，韓國的紅綠燈排列順序也和台灣一樣，而台灣和韓國都是車輛靠右行駛的國家。

答案已經呼之欲出了，沒錯，紅綠燈的排序其實有分實施車輛右側通行與左側通行的國家差異。日本實施的是靠左通行的制度，所以最需要被注意到的紅燈，位置就設於駕駛人正視號誌燈時的外側，所以是右側。台灣是車輛靠右通行，對駕駛人而言外側就是左側，所以紅燈在最左側，有意思吧！

問：在日本，行人到底靠哪邊走？

如果你在東京和大阪都搭過地鐵時，會發現兩個城市的行人一個靠左一個靠右。東京人搭手扶梯時，習慣靠左站，讓出右側通道給趕時間的人快速通過；在大阪則相反，行人習慣靠右站，讓出左側的通道。

如果你走進兩個城市的商店街，情形還是相反，但有意思的是，這會兒變成大阪人靠左走，東京人靠右走了，真是把人給弄糊塗。

其實日本人在小學時都被教導「車は左、人は右」，但可能是長久以來的習慣，走在路上時，不論哪個城市幾乎都還是靠左走。但對於觀光客來說，不管靠左或靠右，反正就是跟著人流走就對了。

車站

駅

JR 日本　↑　友部駅　Tamobe Station

掲示板

のりこし精算機

精算機

みどりの窓口　Ticket Office

窓口

改札口

網棚

キオスク

KIOSK

シート

切符売り場

路線図

コインロッカー

自動販売機

券売機

東京
とうきょう

電車

駅員

ホーム

つり革

生活單字

車站	駅（えき）
售票處	切符売り場（きっぷうりば）
售票窗口	窓口（まどぐち）
時刻表	時刻表（じこくひょう）
路線圖	路線図（ろせんず）*
車資表，收費表	運賃表（うんちんひょう）、料金表（りょうきんひょう）
車票	切符（きっぷ）、乗車券（じょうしゃけん）
月票	定期券（ていきけん）
自動售票機	自動券売機（じどうけんばいき）
兌幣機	両替機（りょうがえき）
加值機	チャージ機（き）
剪票口，票閘	改札口（かいさつぐち）*、自動改札（じどうかいさつ）*
電腦補票機	精算機（せいさんき）、乗り越し精算機（のりこしせいさんき）
販賣亭	キオスク*
站內商店街	エキナカ*、駅ナカ（えき）
站內	駅構内（えきこうない）*

☑ 你不可不知

・路線図

有些路線圖的設計會同時列出票價，等於路線圖兼車資表，讓人一目了然。

・改札口、自動改札

「自動改札」是指沒有站員剪票的「改札口」，今日的剪票口多半是自動式票閘。

・キオスク

日本車站內販賣報紙、零食、飲料等小販售亭或攤位的專有名稱。

・エキナカ

寫成漢字是「駅中」，一般寫成「駅ナカ」，但JR等官方採用的是全部片假名「エキナカ」的寫法。「エキナカ」指的是車站內設有各式商店的商業區塊。

・駅構内

「構内」的含意是區域之內，「駅構内」指的是車站內的區域，反義字是「駅構外」。「エキナカ」就是設在「駅構内」。

投幣式置物櫃	コインロッカー
自動販賣機	自動販売機、自販機
月台	ホーム、プラットホーム
月台門	ホームドア*、可動式ホーム柵*
月台白線	白線*
點字磚	点字ブロック*
告示看板	掲示板*、案内板
站名	駅名
車站站員	駅員
地下鐵	地下鉄
新幹線	新幹線
電車	電車
吊環	つり革*
棚架,行李架	網棚
座椅	シート、座席
公車總站	バスターミナル
公車站牌	バス停、バス停留所
計程車招呼站	タクシー乗り場

☑ 你不可不知

・ホームドア、可動式ホーム柵

指防止月台乘客掉落軌道的電動防護閘門，「可動式
ホーム柵」經常省略作「ホーム柵」，但「ホーム柵」
有時也指固定在月台上當圍籬的柵欄。

・白線、点字ブロック

日本月台地上畫的候車線顏色大多是白色的點線，但
有趣的是，有些月台廣播卻是請候車乘客退到「黃い
線」之後，這裡的黃線指的就是地上的點字磚，通常比
白線的位置再後退一些。

・掲示板

如果是電子式的，可以說「電光掲示板」。

・つり革

體操的吊環則是「吊り輪」。順道一提，日本電車內經
常可見各種宣傳廣告，其中有種被稱作「中吊り広告」，
這是懸掛於兩側吊環間、車廂中間自天花板垂下的廣
告海報，相當醒目。

運賃表

次は　長野駅

バス運転手

降車ボタン

運賃箱

優先席

通路

106

整理券	せいりけん **整理券** * 參見「這個有意思」
票箱	うんちんばこ りょうきんばこ **運賃箱** *、**料金箱**
車資表	うんちんひょう **運賃表**
博愛座	ゆうせんせき **優先席**
走道	つうろ **通路**
下車鈴	こうしゃ こうしゃ **降車ボタン、降車ブザー**
公車司機	うんてんしゅ **バス運転手** *

☑ 你不可不知

‧整理券

相當於號碼牌，上車時拿一張，下車時給票，抽號碼機多半設在後車門上車處。

‧運賃箱

日本的公車票箱是台多功能的機器，除了收票，乘客身上如果只有大鈔，還可以找零以及兌幣。

‧運転手

平常稱呼司機先生時，禮貌上都會在後面加上「さん」，即「運転手さん」。在台灣不時聽到的「運ちゃん」，不少日本人覺得有輕蔑的意味，建議到日本少採用。

☑ 這個有意思

整理券？

　日本では市街地のバスは台北のバスと同じように、どこまで乗っても一律の料金ですが、郊外のバスは距離によって料金が違うことが多いです。このような場合、乗る時に整理券を取ります。整理券には番号がついています。バスの運転席の上のあたりに、運賃表があるので、乗客はその整理券の番号と料金表を照らし合わせて、降りる時にお金と整理券を運賃箱に入れます。ちなみに、台湾のバスは料金支払いの際にお釣りは出ませんが、日本のバスは一般的にお釣りが出ます。お釣りが出ない場合でも、バスのなかに両替機があることが多いです。

　日本市區公車和台北一樣，不管坐到哪票價都是固定的，但郊區公車多半依距離長短而有不同收費，這時就要在上車時抽取「整理券」。整理券上頭有號碼，通常在公車駕駛座的上方會有張車資表，乘客找到相同號碼對應的金額，然後在下車時將錢連同整理券一併投入車票箱。附帶一提，日本的公車一般是可以找零的，不能找零時，公車上也多半會有兌幣機。

☑ 就是想知道

問：到日本怎麼搭鐵路？

市區的話，當然是搭地鐵，如果JR列車也有行駛到該站，那就選一條比較便利或便宜的路線。遠程通常是搭乘JR，JR依行車速度及停靠站數的多寡，主要分成以下等級：

列車等級	台灣的對應車種
新幹線	台灣高鐵
特急列車	台鐵自強號
急行列車	台鐵莒光號
快速列車	台鐵區間快車
普通列車	台鐵區間車

普通列車和快速列車幾乎都是自由座，不用劃位，只要買「乘車券」就可以上車。但如果搭乘的是急行列車以上的快車，就得另外加錢買「急行券」或「特急券」，意思是加快的費用。不過特急列車與部分急行列車還有分劃位的「指定席」車廂與不需劃位的「自由席」車廂，如果一定要有位子坐，就要指明要「指定席」，當然費用會再貴一些。

在台灣只要是有買票，不論有沒有劃到座位，多數人都會在車廂內試著找空位坐。不過這在日本可行不通！日本列車以車廂區分需劃位與否，買自由座的人如果沒有位子坐，是不可以跑到劃位車廂裡找位子的，即使劃位車廂的位子空得很也不行。在日本人眼中，這是不禮貌的行為。

問：ＪＲ要去哪裡劃位？

在比較大的車站通常可以找到ＪＲ的服務台「みどりの窗口」，這裡專門負責販售特急券、座位指定券、臥舖券等特別券。除了有人櫃台之外，也可以利用「みどりの券売機」之類的指定席售票機，可以說相當方便。

把你想知道的生活單字記下來：

郵局

ゆうゆう窓口

JP 日本郵便 ゆうゆう窓口

小包

ポスト

POST

[のり]

はがき

手紙

※ [ ] 表示該單字出現在其他單元中

日本郵便　　ゆうちょ銀行　　かんぽ生命保険

1 □郵便 Mail

2 □貯金 Savings　□保険 Insurance

←

カウンター

植木郵便局

〒

JP
郵便局

P
→

郵便屋さん

〒
POST

郵便
POST

ポスト

生活單字

郵局	郵便局（ゆうびんきょく）
郵筒	ポスト、郵便（ゆうびん）ポスト
郵差	郵便屋（ゆうびんや）さん*、郵便配達員（ゆうびんはいたついん）*
櫃台	(受付（うけつけ))カウンター
郵務便民窗口	ゆうゆう窓口（まどぐち）*
郵件	郵便物（ゆうびんぶつ）
信件	手紙（てがみ）、封書（ふうしょ）*
明信片	はがき
風景明信片	絵葉書（えはがき）、ポストカード
賀年卡	年賀状（ねんがじょう）*
聖誕卡	クリスマスカード
包裹	小包（こづつみ）*、荷物（にもつ）*、ゆうパック*
郵政信箱	郵便私書箱（ゆうびんししょばこ）
日本郵便	日本郵便（にほんゆうびん）*
郵儲銀行	ゆうちょ銀行（ぎんこう）*
簡易壽險	かんぽ生命保険（せいめいほけん）*

☑你不可不知

‧郵便屋さん、郵便配達員

「郵便屋さん」是一般人對郵差的稱呼，正式的說法是「郵便配達員」，亦可簡稱「郵便配達」。

‧ゆうゆう窓口

第一個「ゆう」是「郵便」，第二個「ゆう」據說是「余裕」，同時也是英文 you 的諧音。「ゆうゆう窓口」是為了服務無法在正常上班時間寄信或收取信件的民眾，因此多為二十四小時受理郵件，但只有大型郵局才有設置窗口。「ゆうゆう窓口」都設有呼叫鈴，方便民眾可以按鈴通知櫃台內的郵務人員。

‧封書

相對於明信片，「封書」泛指用信封袋封好的郵件。

‧年賀狀

在日本，賀年卡主要是明信片的形式，郵局每年11月都會發行「お年玉つき年賀はがき」，是一種有彩券性質的賀年明信片。「お年玉」是指大人給小孩的壓歲錢。

‧小包、荷物、ゆうパック

「小包」是包裹的一般說法，郵務人員的正式說法則是「荷物」或「ゆうパック」，「ゆう」是「郵便」的「郵」。

‧日本郵便、ゆうちょ銀行、かんぽ生命保険

日本郵政民營化後，將事業體依業務類別切割成四大子公司：「郵便局、日本郵便、ゆうちょ銀行、かんぽ生命保険」，目前郵局是其他三項業務的代辦窗口。

信封袋	<ruby>封筒<rt>ふうとう</rt></ruby>
郵票	<ruby>切手<rt>きって</rt></ruby>
郵戳	<ruby>消印<rt>けしいん</rt></ruby>
郵遞區號	<ruby>郵便番号<rt>ゆうびんばんごう</rt></ruby>、〒*
地址	<ruby>住所<rt>じゅうしょ</rt></ruby>
收信人	<ruby>宛先<rt>あてさき</rt></ruby>*、<ruby>宛名<rt>あてな</rt></ruby>、<ruby>受取人<rt>うけとりにん</rt></ruby>
寄信人	<ruby>差出人<rt>さしだしにん</rt></ruby>
平信	<ruby>普通郵便<rt>ふつうゆうびん</rt></ruby>
限時	<ruby>速達<rt>そくたつ</rt></ruby>、<ruby>速達郵便<rt>そくたつゆうびん</rt></ruby>
掛號	<ruby>書留<rt>かきとめ</rt></ruby>、<ruby>書留郵便<rt>かきとめゆうびん</rt></ruby>
宅配	<ruby>宅配便<rt>たくはいびん</rt></ruby>、<ruby>宅急便<rt>たっきゅうびん</rt></ruby>*
國際快捷	<ruby>国際<rt>こくさい</rt></ruby>スピード<ruby>郵便<rt>ゆうびん</rt></ruby>、EMS
空運	<ruby>航空便<rt>こうくうびん</rt></ruby>
船運	<ruby>船便<rt>ふなびん</rt></ruby>
內容物	<ruby>中身<rt>なかみ</rt></ruby>
運費，郵資	<ruby>送料<rt>そうりょう</rt></ruby>、<ruby>郵送料<rt>ゆうそうりょう</rt></ruby>
貨到付款	<ruby>代金引換<rt>だいきんひきかえ</rt></ruby>*、<ruby>代引き<rt>だいびき</rt></ruby>
掛號信件招領	<ruby>不在届け<rt>ふざいとど</rt></ruby>

☑ 你不可不知

・〒

日本的郵遞區號符號「〒」源自片假名「テ」，有人誤以為是「てがみ（手紙）」的「て」，其實是「ていしんしょう（遞信省）」的「て」。遞信省為日本明治時期掌管郵政及電信業務的部門，今名「郵政省」。
ゆうせいしょう

・宛先

亦指收件人地址。

・宅急便

這其實是日本ヤマト運輸公司的宅配服務商標，但因為與宅配的日文「宅配便」極為雷同，所以經常被混淆，後來甚至被宮崎駿用在卡通片名「魔女の宅急便」上。
まじょ

・代金引換

另有類似說法「着払い」及「受取人払い」很容易與
ちゃくばら　　　　うけ とり にん ばら
「代金引換」混淆，照字面的意思是收到後付款，或收件人付款，但是按照日本人的習慣用法是指郵資、運費，而不是貨款。

☑ 這個有意思

謹賀新年

お年玉つき年賀はがき

　日本には季節の挨拶を文面でする習慣があります。そのもっとも代表的なものは年賀状でしょう。毎年11月のはじめごろから全国でいっせいに「年賀はがき」が発売されます。年賀はがきには「昨年はお世話になりました。今年もよろしくお願いします。」などと書きます。このはがきを12月の中旬ごろまでに投函すると、1月1日に「年賀状」として届けてもらえます。お正月の朝、お雑煮などを食べて年賀状を読むのは楽しいものです。また、このはがきには「お年玉つき年賀はがき」と言って、はがきの下のほうに番号がついています。以前は毎年成人の日に、現在は1月の決められた日に抽選会が行われます。これもお正月の一つの楽しみです。

　　日本人有用書信作季節問候的習慣，最具代表性的大概就是賀年卡了。在每年11月初日本全國會統一發售賀年明信片，上面印有「去年承蒙關照，今天仍請多加愛護」等字句，只要在每年12月中旬之前寄出，郵差就會在1月1日當天為我們寄到。在元旦的早上，一邊吃年菜一邊看賀年卡很是快樂。這種明信片下方印有號碼，所以也叫做「お年玉つき年賀はがき(附壓歲錢的賀年明信片)」，以前每年會在成人節舉行抽獎，現在則是改在1月裡選定1天抽獎，這也是過年的樂趣之一。

銀行

防犯カメラ

1 7

老眼鏡

通帳

発券機

番号札

警備員

払戻請求書　預入れ表

スタンプ台

振込依頼書

※ [ ] 表示該單字出現在其他單元中

為替レート

2 707

3 706

銀行員

窓口

[カウンター]

ATM

○ ○ 銀行

○○銀行

生活單字

窗口	窓口（まどぐち）
銀行員	銀行員（ぎんこういん）
號碼牌	番号札（ばんごうふだ）、番号（ばんごう）カード、整理券（せいりけん）*
抽號碼機	発券機（はっけんき）
存款單	預入れ票（あずけいひょう）、入金票（にゅうきんひょう）
提款單	払戻請求書（はらいもどしせいきゅうしょ）*、引出し票（ひきだしひょう）*
匯款單	振込依頼書（ふりこみいらいしょ）、送金票（そうきんひょう）
老花眼鏡	老眼鏡（ろうがんきょう）
印泥	スタンプ台（だい）、印肉（いんにく）、朱肉（しゅにく）*
印章	印鑑（いんかん）*、はんこ*
存摺	預金通帳（よきんつうちょう）*、貯金通帳（ちょきんつうちょう）*
警衛	警備員（けいびいん）
監視器	防犯（ぼうはん）カメラ、監視（かんし）カメラ
警鈴	アラーム
諮詢窗口	相談窓口（そうだんまどぐち）、相談（そうだん）コーナー
貨幣匯率	為替（かわせ）レート、為替相場（かわせそうば）、通貨（つうか）レート

☑ 你不可不知

・整理券

「整理券」的說法一般較常用在長途公車或是遊樂園區所使用的號碼牌。

・払戻し、引出し

這兩個字分別為動詞「払戻す」和「引出す」的名詞形，但是是從不同立場來看提款這件事。「払戻す」是站在銀行的立場，字面意思是還錢、退錢。「引出す」則是以提款人的角度，意思是取出、提領，也可以作「お金を下ろす」。

・朱肉 「朱色の印肉」，專指紅色的印泥。
しゅしょく

・印鑑、はんこ

在日本，存摺提款通常只需印章和存摺，不用提款密碼也能領錢，這是因為日本人相信每顆印章的印字具有獨特性，不容易被模仿。但有一陣子存摺盜領事件頻傳，所以現在銀行多半會多一層把關動作，要求臨櫃提款的人出示身份證明文件，或是輸入金融卡的密碼。

順帶一提，由於日本人的姓名普遍較長，所以印章除了刻印全名外，亦可單純只刻姓或名，尤其女性婚後可能改冠夫性，所以只刻名字的人也不少。

・預金通帳、貯金通帳

通常銀行體系的存摺稱「預金通帳」，郵儲銀行或農漁會體系的金融機構存摺稱為「貯金通帳」。順便補充帳戶及帳號的說法分別是：「口座」「口座番号」。
こうざ　　　　こうざばんごう

ATM，自動櫃員機	ATM[*]、<ruby>現<rt>げん</rt></ruby><ruby>金<rt>きん</rt></ruby><ruby>自<rt>じ</rt></ruby><ruby>動<rt>どう</rt></ruby><ruby>預<rt>あずけ</rt></ruby><ruby>払<rt>ばらい</rt></ruby><ruby>機<rt>き</rt></ruby>[*]
金融卡，提款卡	ATMカード、キャッシュカード
信用卡	クレジットカード
密碼	あんしょうばんごう 暗証番号
餘額查詢	ざんだかしょうかい 残高照会
轉帳，匯款	ふりこ　　　　そうきん 振込み、送金
提款	ひ　だ 引き出し
存款	あず　い 預け入れ
交易明細單	めいさいしょ 明細書
手續費	て すうりょう 手数料
存摺補登	つうちょうきちょう　　つうちょうきにゅう 通帳記帳[*]、通帳記入
薪資匯款	きゅうりょうふりこみ 給料振込[*]
自動轉帳	こう ざ　じ どう　ふりかえ 口座(自動)振替[*]
自動扣繳	じ どう し はら　　じ どうひき お 自動支払い、自動引落とし
融資，貸款	ゆう し 融資[*]、ローン[*]、キャッシング[*]
借款，負債	しゃっきん　ふ さい 借金、負債
利息	きん り　　り そく　り し 金利、利息、利子
本金	がんきん 元金

☑ 你不可不知

・ATM、現金自動預払機

"ATM"是 automatic teller machine（自動櫃員機）的縮寫，除了提領錢之外，還具有存錢等其他功能。一般所稱的提款機，英文是 "CD"，即 cash dispenser（自動提款機）的縮寫，日文是「現金自動支払機」，只能領錢不能存錢。

・通帳記帳

目前許多ATM都具有補摺的功能，若是專屬的補摺機，日文稱作「記帳機」或「通帳記帳機」。

・振込、振替

這兩個字很相似，很多日本人經常弄混。「振込」指的是直接用現金或從帳戶中將錢匯入其他帳戶，而「振替」則是指同一個人在同一家銀行名下的帳戶，彼此間的資金轉移。

類似的說法還有「公共料金口座振替」，但指的是銀行自動從用戶的帳戶中轉出水費、電費、電話費、瓦斯費，以及ＮＨＫ收視費等的金融服務。

・融資、ローン、キャッシング

三者都是融資、借貸的意思，只不過「キャッシング」主要是指個人信貸。

☑ 這個有意思

日本のATM

　台湾のＡＴＭはどの銀行にかかわらず、24時間使うことができますが、日本のＡＴＭは利用できる時間が限られています。銀行やその設置場所によっても違いますが、一般に利用時間は午前9時〜午後5時までで、それ以降に使う場合は手数料がかかります。また、土日、祝日は利用不可だったり、利用に手数料がかかったりします。日本でお金を下ろしたい場合は、ＡＴＭの利用時間に注意しておきましょう。

　台灣的ATM不管那家銀行，都是24小時服務。日本的ATM則有利用時間的限制，視每家銀行或擺設位置而定。一般是從早上9點到下午5點，之後都要收手續費。除此之外，星期六、日，以及例假日，不是暫停服務，就是加收手續費。因此在日本要利用ATM提款時，最好先留意可以利用的時間。

把你想知道的生活單字記下來：

銀行

商店

コンビニ

ドリンク

レジ袋

レジカウンター

トングイ

スナック菓子

値札

※ [ ] 表示該單字出現在其他單元中

[看板]

100円ショップ

陳列棚

陳列棚

100円均一

買い物カゴ

ビラ

エコバッグ

生活單字

便利超商	コンビニ（エンスストア）
超市	スーパー（マーケット）
購物籃	買（か）い物（もの）カゴ
購物推車	カート、ショッピングカート
收銀台	レジ（カウンター）
陳列架	陳列棚（ちんれつだな）
價目卡	値札（ねふだ）
超值商品	お買（か）い得品（どくひん）*
傳單・ＤＭ	ビラ、ちらし
零食	スナック菓子（がし）*
飲料	ドリンク、飲（の）み物（もの）
熟食區	惣菜（そうざい）コーナー*
夾子	トング
商店購物袋	レジ袋（ぶくろ）*、買（か）い物袋（ものぶくろ）
自備環保袋	エコバッグ*、マイバッグ*
垃圾桶	ゴミ箱（ばこ）

☑你不可不知

・お買い得品

意指就份量或品質而言，價錢划算的商品，仔細找，平日在架上可能就找得到。

類似說法另有「目玉商品（め だましょうひん）」與「おつとめ品（ひん）」，尤其經常見於超市傳單。「目玉商品」指的是店家辦活動時主打的特價商品，用來「吸睛」，希望吸引消費者進店消費。

「おつとめ品」則是「値引き品（ね び ひん）」，即折價商品，店家「つとめる(努力)」壓低價格給客人的意思。

・スナック菓子

通常指洋芋片（ポテトチップス）、爆米花（ポップコーン）、玉米棒（うまい棒（ぼう））等袋狀零食，不包含西式與日式糕餅。

・惣菜コーナー

指的是超商或超市販售現成熟食，如便當、涼麵、沙拉或是便菜等的櫃位。

・レジ袋

「レジ袋」是指在收銀台結帳時，商家提供或販售的購物袋，通常是塑膠袋（「ポリ袋（ぶくろ）」或「ビニール袋（ぶくろ）」）。

・エコバッグ、マイバッグ

「エコバッグ」直譯是環保袋，「マイバッグ」則是來自"My bag"，意指自備的購物袋，是日本店家鼓勵消費者自備購物袋的宣傳用語。

商店街	商店街^{しょうてんがい}*
鐵捲門	シャッター
菜市場	市場^{いちば}*
菜販，蔬果店	八百屋^{やおや}、青果店^{せいかてん}
魚販	魚屋^{さかなや}、鮮魚店^{せんぎょてん}
麵包店	パン屋^や
餐廳	飲食店^{いんしょくてん}*、レストラン、食堂^{しょくどう}
咖啡廳	喫茶店^{きっさてん}*、カフェ*
美容院，美髮沙龍	美容院^{びよういん}、ヘアサロン
美容美體沙龍	エステサロン
服裝店	洋服屋^{ようふくや}
電器行	電気屋^{でんきや}、電器屋^{でんきや}
大型3C賣場	家電量販店^{かでんりょうはんてん}
藥妝店	ドラッグストア*、薬屋^{くすりや}*
書店	本屋^{ほんや}
洗衣店	クリーニング店^{てん}、洗濯屋^{せんたくや}
百元商店	100円^{えん}ショップ
錄影帶店	レンタルビデオ店^{てん}*、レンタル屋^や

☑你不可不知

·商店街

意指道路兩旁都是商店密集的街道,有不同類型,某些社區型的傳統商店街裡有魚販、菜販等,類似菜市場。受到大型賣場的影響,目前許多商店街都有店家鐵門深鎖,不再營業;部分商店街甚至已經消失。

·市場

日本的傳統菜市場,一般看不到露天擺著肉塊販售的肉販,要買肉必須到有冷藏設備的「精肉店」裡購買。
せいにくてん

·飲食店

意指餐廳、小吃店,包含西式的「レストラン」與傳統「食堂」。

·喫茶店、カフェ

二者基本上相同,差別只在「カフェ」的說法給人感覺比較時髦,網咖的日文就是「インターネットカフェ」・簡稱「ネットカフェ」或「ネカフェ」。

·ドラッグストア、薬屋

「薬屋」原本是專門販售成藥類的商店,但隨著複合式藥妝店「ドラッグストア」出現,許多大型「薬屋」也調整經營型態,但營業項目比重多半仍以賣藥為主。

·レンタルビデオ店

「ビデオ(錄影帶)」雖然早已被DVD取代,但出租店名稱仍然習慣沿用「レンタルビデオ店」的說法。

☑ 這個有意思

日本のコンビニ事情

コンビニはアメリカで生まれ、日本で発展したとも言われています。ですから、台湾のコンビニシステムのほとんどが日本のコンビニと同じです。ただ、台湾のコンビニではおなじみの「茶葉卵」は日本にはありません。初めて台湾のコンビニに入った日本人から「どうして台湾のコンビニは臭いんだ？」と聞かれることが多いのではないでしょうか。台湾のコンビニでは1年中見られるおでんや、肉まんは日本では冬季限定メニューで、夏は食べられません。その他、台湾ではドライブ中にガソリンスタンドでトイレを借りることが多いですが、日本ではコンビニがその役割を果たしています。

便利商店據説誕生於美國，但發展於日本，所以台灣的超商系統幾乎和日本相同。不同的是台灣超商常見的「茶葉蛋」，在日本並沒有販售。不是有許多第一次走進台灣超商的日本人都會問「為什麼有臭味？」嗎。而台灣超商店裡一整年都吃得到的關東煮及包子，在日本超商則是屬於冬季限定商品，夏天裡吃不到。除此之外，在台灣開車途中借廁所時，多半是向加油站，但在日本則是跟超商借廁所。

商店

註：日本近年來也有超商在夏季販售關東煮或包子等，
　　不再僅限冬季。

➡ 把你想知道的生活單字記下來：

百貨

エレベーター

実演販売

紳士服

試着室

かばん

エスカレーター

非常口

地下駐車場

スポーツ用品

家電売り場

婦人肌着

婦人服

ワゴンセール

カウンター

アクセサリー

デパ地下

生活單字

百貨公司	デパート
旋轉門	<ruby>回転扉<rt>かいてんとびら</rt></ruby>
賣場	<ruby>売り場<rt>う ば</rt></ruby>
專櫃，櫃台	カウンター
精品店	ブティック
名牌商品	ブランド<ruby>品<rt>ひん</rt></ruby>、ブランド<ruby>物<rt>もの</rt></ruby>
服務台	<ruby>案内所<rt>あんないじょ</rt></ruby>
電梯	エレベーター
電梯小姐	エレベーターガール
手扶梯	エスカレーター
樓層導覽	フロアガイド、フロア<ruby>案内<rt>あんない</rt></ruby>
逃生門	<ruby>非常口<rt>ひ じょうぐち</rt></ruby>、<ruby>非常出口<rt>ひ じょう で ぐち</rt></ruby>
化妝間，廁所	<ruby>化粧室<rt>け しょうしつ</rt></ruby>*、トイレ
美食街	レストラン<ruby>街<rt>がい</rt></ruby>*、<ruby>食堂街<rt>しょくどうがい</rt></ruby>*
地下食品賣場	デパ<ruby>地下<rt>ちか</rt></ruby>*、<ruby>地下食品売り場<rt>ちか しょくひん う ば</rt></ruby>*
地下停車場	<ruby>地下駐車場<rt>ち か ちゅうしゃじょう</rt></ruby>

☑ 你不可不知

・化粧室

意指廁所，百貨公司的標示經常是用比較文雅的「化粧室」，取代「トイレ」。不過，有些化妝間真的另外設有供女性化妝、補妝的空間，這時就會特別標示「パウダールーム」。換句話說，「化粧室」男女皆可使用，但如果是「パウダールーム」，則是女性專用。

・レストラン街、食堂街

日本百貨公司的美食街，通常設在最高或是第二高的樓層，據說這麼做有「灑水」效應，意思是先把客人引到高的樓層，增加客人下樓時逛各樓賣場的機會。

・デパ地下、地下食品売り場

又稱「地下食料品売り場」，因為原本販售的主要是食材。

除了乾貨食材，日本百貨公司的地下一樓或地下二樓也販售便菜熟食、便當、麵包、糕點，以及生鮮食品等，簡稱「デパ地下」，是日本百貨公司的特色。

食品賣場之所以設在地下樓層，著眼的是「噴泉」效應，也就是先將客人引導到低的樓層，希望客人上樓時順便一層樓一層樓逛上去。

服飾品，飾品	服飾品（ふくしょくひん）、アクセサリー
皮包，提袋	かばん、バッグ
襪子	靴下（くつした）*、ソックス*、ストッキング*
女裝	婦人服（ふじんふく）*
女性內衣	婦人肌着（ふじんはだぎ）
試衣間	試着室（しちゃくしつ）、フィッティングルーム
男裝	紳士服（しんしふく）*
童裝，嬰兒服	子（こ）ども服（ふく）、ベビー服（ふく）
體育用品	スポーツ用品（ようひん）
泳裝	水着（みずぎ）
居家雜貨	生活雑貨（せいかつざっか）
真人示範銷售	実演販売（じつえんはんばい）
換季特賣	夏物（なつもの）セール*、冬物（ふゆもの）セール*
特賣會場	バーゲン会場（かいじょう）
花車特賣	ワゴンセール*
禮券	商品券（しょうひんけん）、ギフト券（けん）
福袋	福袋（ふくぶくろ）
活動會場	催事場（さいじじょう）*、催（もよお）し場（ば）*

☑ 你不可不知

・靴下、ソックス、ストッキング

「靴下、ソックス」泛指各種襪子，「ストッキング」則是指絲襪。附帶一提，褲襪叫做「パンティストッキング」，簡稱「パンスト」。

・婦人服、紳士服

女鞋和男鞋的說法則是「婦人靴」和「紳士靴」。
　　　　　　　　　　　ふ じんぐつ　　　しん し ぐつ

「婦人服」還可細分成：少淑女服飾「ヤングファッション」、上班族服飾「キャリアファッション」，以及仕女服飾「ミセスファッション」。

・夏物セール、冬物セール

日本百貨公司並不時興辦週年慶，一年通常是依季節交替分成夏物及冬物兩次特賣，日期一般訂在七月初與一月初。

・ワゴンセール

「ワゴン」指的是推車，港式飲茶的服務生放茶點的推車也是「ワゴン」。

・催事場、催し場

多數日本百貨公司都設有活動會場，經常舉辦各種特展或是小型特賣會，而且都是在高樓層，希望達到「灑水效應」。亦可作「催物場」。
　　　　　　　　　　　　　　　もよおしものじょう

☑ 這個有意思

エチケット洗浄？

　日本人は音に対してとても敏感です。特に日本人女性には、トイレで用を足すときに出る音を他人に聞かれるのが恥ずかしいと思う感覚があります。エチケット洗浄とは、トイレで用を足す際に、水を流し、その流水音で、音が外にもれないようにすることです。これは、マナーと言う観点からすれば仕方がないことかもしれませんが、節水という観点から見ると大きな無駄です。それで、トイレに流水音だけが流れるシステムや、エチケット洗浄用に水流量を調節するシステムが設置されるようになりました。

　日本人對聲音非常敏感，特別是日本女性對自己上廁所時發出的聲音讓別人聽到，感到很丟臉。所謂的「エチケット洗浄（禮儀洗淨）」，就是指在上廁所的同時沖水，藉由流水聲蓋過上廁所的聲音。關於這點，就禮貌觀點來看也許無可厚非，但若就節水的觀點來看，可是大大的浪費。所以才有了在廁所設置可播放流水聲，或是針對禮儀洗淨設計了水量調節的系統。

把你想知道的生活單字記下來：

餐館

のれん

ラーメン

食券自動販売機

出前

店員

天丼

おしぼり

ボックス席

箸

お冷や

ラーメン

お品書き

ラーメン	塩ラーメン	かけうどん	きつねうどん	味噌つけめん	餃子	焼めし	焼そば	焼き鳥	刺身定食	焼魚定食	にぎり	そば	カツ丼	親子丼	天丼	牛丼	いくら丼

料理人

ご主人

すし

カウンター席

カレーライス

定食

味噌汁

 生活單字

招牌	看板（かんばん）
門簾	のれん
餐券自動販賣機	食券自動販売機（しょっけんじどうはんばいき）*
吧台座位	カウンター席（せき）
桌位	テーブル席（せき）*、ボックス席（せき）*
和室座席	座敷（ざしき）*
包廂	個室（こしつ）*
店老闆	ご主人（しゅじん）*、オーナー
廚師	料理人（りょうりにん）*、コック*、板前（いたまえ）*
店員，服務生	店員（てんいん）、ウエイター*、ウエイトレス*
菜單	メニュー、お品書（しなが）き
濕手巾	おしぼり
餐巾紙	紙（かみ）ナプキン
冰水	お冷（ひ）や
筷子，免洗筷	箸（はし）、割（わ）り箸（ばし）*
牙籤	つまようじ

餐館

☑ 你不可不知

‧食券自動販売機

日本許多簡餐店都設有餐券販賣機，以精簡人力。

‧テーブル席、ボックス席、座敷

「テーブル席」指的是由幾把椅子圍著桌子的桌位。「ボックス席」則是由兩張高椅背長凳或沙發面對面組成的座位，通常為四人座，一邊兩人。「座敷」是指須脫鞋入座的和式桌位。

‧個室

意指隱蔽效果佳的隔間，一般稱為包廂。類義字「ボックス席」有時也作包廂解釋，但此時指的是觀眾席包廂，一般為開放式或半開放式。

‧ご主人

這裡是指店老闆，男女皆可，欲作區別時可以稱女老闆為「おかみさん」或「女主人」。在不同情境下，「ご主人」亦可用於尊稱他人丈夫。

‧料理人、コック、板前

對日本人來說，外來語「コック」令人聯想到西式料理的「料理人」，頭戴高高的白色廚師帽，而「板前」則是專門用來稱呼日本料理的「料理人」。

‧ウエイター、ウエイトレス

「ウエイター」男服務生，「ウエイトレス」女服務生。

‧割り箸

日本的免洗筷都是一端相連，要使用前才扳開(割る)，所以叫做「割り箸」。

外送	出前（でまえ）
外帶	持ち帰り*（もちかえり）、テイクアウト
在店裡吃	店内飲食*（てんないいんしょく）
定食，套餐	定食*（ていしょく）、セット*
味噌湯	味噌汁（みそしる）
茶碗蒸	茶碗蒸（ちゃわんむし）
生魚片	刺身（さしみ）
壽司	すし
咖哩飯	カレーライス*
炒麵	焼きそば（やきそば）
拉麵	ラーメン
烏龍麵	うどん
炸物，天婦羅	てんぷら
豬排蓋飯	カツ丼*（どん）
煎餃	ギョーザ、餃子*（ぎょうざ）
炒飯	チャーハン
漢堡肉	ハンバーグ
燒烤，烤肉	焼肉*（やきにく）

☑ 你不可不知

・持ち帰り、店内飲食

日本餐飲店櫃台在接受點餐時，會詢問顧客「こちらでお召し上がりですか(在這裡用餐嗎?)」，如果要外帶，就回答「いいえ、持ち帰りで」。

・定食、セット

意指餐廳搭配好的組合餐。傳統的定食組合是白飯及味噌湯，搭配一道主菜，然後配上一兩樣醬菜或涼拌菜。如果是西式速食，通常是用「ランチ」來命名。

・ライス

「ライス」指的是飯，同一種東西有和式及外來語二種說法時，採用外來語多半意味著與傳統印象有些不同。同樣一碗飯盛在碗裡時叫做「ごはん」，倒在盤子淋上咖哩作西餐吃法時，則是「ライス」。

・カツ丼

即「とんかつ(豬排)」的「丼物(蓋飯)」，「丼」指的是厚瓷大碗公。其他人氣蓋飯還有「天丼(炸蝦蓋飯)」以及「親子丼(雞肉蓋飯)」等。

・餃子

日本人所謂的「餃子」其實是「焼き餃子(煎餃)」，中國人所稱的水餃在日本叫做「水餃子」。

・焼肉

日本人吃「焼肉」以牛肉最多，其次是豬肉，雞肉比較少。雞肉通常是做成烤雞肉串「焼鳥」的形式。

☑ 這個有意思

ラーメン定食？

日本人の主食は米です。最近は外国の食べ物が入ってきて、日本人の食生活は変わったとも言われますが、一般家庭ではやはり毎日、白いご飯に何かおかずを準備するところが多いでしょう。

さて、筆者が学生のころ、大学の学生食堂に「ラーメン定食」という定食がありました。ラーメン定食は「ラーメン、焼き餃子、ご飯、漬物」のセットです。私たち日本人学生は、このセットを特におかしいと思ったことはありませんでしたが、台湾人学生はいつも「日本人は変だ。どうして、ラーメンと焼き餃子とご飯を一緒に食べるんだ？」と言っていました。その頃の私にはこの質問の意味がわかりませんでしたが、台湾に来て生活するようになってやっとわかるようになりました。台湾人にとっては、焼き餃子やラーメンも主食のひとつなのですね。

しかし、日本人には「主食は米だ」という考えがあるので、ラーメンや焼き餃子はご飯のおかずなのです。もちろん、今では麺類は主食のひとつに数えますが、ご飯があれば、

ご飯以外のものはすべておかずになってしまうのです。今度、日本に遊びに行ったら、みなさんもぜひ「ラーメン定食」をお試しください。

　日本人把米當成主食。雖然說因為外國食物引進，改變了日本人的飲食習慣，不過，一般家庭裡，每天準備白飯及菜的還是居多數。

　話說筆者當學生的時候，大學的學生餐廳菜單上有一道「ラーメン定食（拉麵定食）」，也就是拉麵、煎餃、白飯及醬菜的組合。對我們日本學生來說，這個餐並沒有什麼特別的，倒是台灣來的留學生覺得無法理解，經常問說：「日本人真是奇怪，為什麼拉麵會和煎餃及白飯一起吃呢？」當時我並不了解台灣學生為什麼這麼問，直到我來到台灣後才曉得，原來對台灣人而言，煎餃和拉麵都是主食的一種。

　不過，由於日本人認定「主食就是米飯」，所以不管拉麵也好，煎餃也好，都被當成是配飯的「菜」而已。儘管現在麵類也被當成主食之一，不過只要有飯，其他一起端上來的食物都只能算是「菜」。下次各位如果有機會到日本玩的話，一定要試試也點一道拉麵定食嚐嚐看！

速食

自己**動腦**記得更快

ハンバーガー
（漢堡）

（チキン）ナゲット
（雞塊）

フライドチキン
（炸雞）

（フライド）ポテト
（薯條）

コーラ
（可樂）

ハッピーセット
（麥當勞快樂餐）

S サイズ（小）　　Mサイズ（中）　　Lサイズ（大）

■想一想下列點餐句的日文怎麼説

二個漢堡外帶
一份雞塊餐，飲料要可樂
一份小薯和一杯中可
薯條與可樂中杯

> 小常識：
> 日本肯德基的兒童餐則是
> 「スマイルセット（微笑餐）」。

餐館

➡ 把你想知道的生活單字記下來：

解答：

ハンバーガーを一緒を頼りてこって下さい。

オレンジジュースＳって、夢を物付けコーヒーって。

フライドポテトのＳスメーフのＭをく下さい。

ポテトストスメーフのＭをくたさい。

工作

公司
學校

公司

給湯室

[ウォータークーラー]

名札

シュレッダー

ファイル

書類かばん

電話

モニター

OAデスク

システム手帳

キーボード

OAチェア

※[ ]表示該單字出現在其他單元中

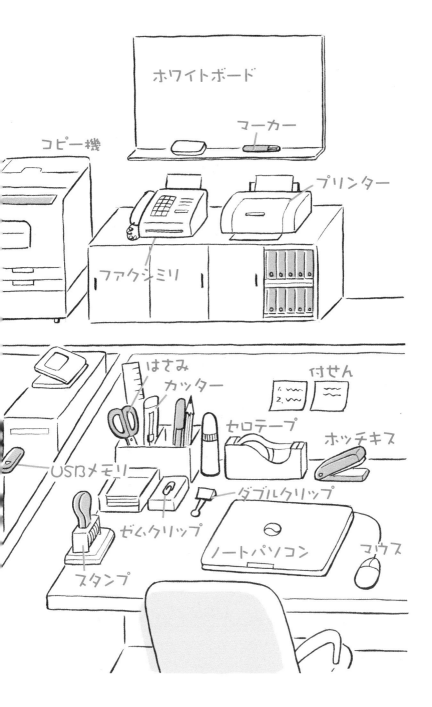

生活單字

公司，辦公室	会社、事務所、オフィス
辦公桌	OAデスク*、机
辦公椅	OAチェア*、いす
公事包	書類かばん*、アタッシュケース*
檔案，文件	書類、資料
名牌，識別證	名札
備忘記事本	システム手帳*
N次貼	付箋、粘着メモ
名片	名刺
電話	電話
計算機	電卓、計算機
電腦	パソコン*、コンピュータ*
螢幕	モニター、ディスプレイ
鍵盤	キーボード
滑鼠	マウス
USB隨身碟	USBフラッシュメモリ*

☑ 你不可不知

・デスク、チェア

「デスク」指的是書桌類的桌子，「チェア」則多半是指有靠背的單人座椅，例如躺椅、搖搖椅、按摩椅等。辦公桌椅的日語正式名稱是「ＯＡデスク」或「オフィスデスク」、「ＯＡチェア」或「オフィスチェア」，都是外來語，平時以「机、いす」統稱即可。

・書類かばん、アタッシュケース

「アタッシュケース」是種類似００７手提箱的硬殼公事包，「書類かばん」則泛指一般公事包，材料通常是皮革。

・システム手帳

一種活頁式的記事本，有精美封套；內頁分成數區，區隔頁的頁緣有索引設計。內頁常見的記事規劃有行事曆、地址和電話頁、地圖頁等設計。

如果只是一般記事本或便條本，通常稱為「メモ帳（ちょう）」。

・パソコン、コンピュータ

一般人生活中常見的個人電腦稱為「パソコン」，即"personal computer"，筆電的日文則是「ノートパソコン」。至於「コンピュータ」的說法，多半是指處理高速運算時的大型電腦，或是用在談論廣義的電腦功能時。

・USBフラッシュメモリ

亦可簡稱「ＵＳＢメモリ」，如今已取代早期的磁碟片「フロッピーディスク」。順便一提，光碟片統稱「光（ひかり）ディスク」，硬碟則是稱「ハードディスク」。

印表機	プリンタ
影印機	コピー機
傳真機	ファクシミリ、ファックス（機）
碎紙機	シュレッダー
資料夾	ファイル
釘書機	ホッチキス、ステープラー
迴紋針	ゼムクリップ*、ペーパークリップ*
長尾夾	ダブルクリップ
圖章	スタンプ
白板	ホワイトボード
麥克筆	マーカー*、マーキングペン*
剪刀	はさみ
刀片・美工刀	カッター
膠帶	ガムテープ*、セロ（ハン）テープ*
型錄	カタログ
樣品	サンプル、見本
茶水間	給湯室
自己的杯子	マイカップ*

☑ 你不可不知

・ゼムクリップ、ペーパークリップ

「ゼムクリップ」專指迴紋針。「ペーパークリップ」則泛指夾少量張數文件時使用的小夾子,造型不限,包含了迴紋針以及書籤夾等。

・マーカー、マーキングペン

有水性及油性二種,油性麥克筆又稱「マジック(インキ)」,相當於奇異筆。白板專用的筆叫做「ホワイトボードマーカー」。

・ガムテープ、セロハンテープ

「ガムテープ」泛指封箱膠帶(梱包テープ),通常是卡其色,有些可直接用手撕斷。

「セロハンテープ」則是透明膠帶,經常聽到的「セロテープ」的說法其實是某家廠商的產品商標名。

順帶一提,可包覆電線、具有絕緣效果的是「ビニールテープ」,而以上所有膠帶都可統稱為「粘着テープ」。

・マイカップ

由"My cup"而來,即各人自備的杯子。

認識日本 了解日本

■讓我們一起來認識日本公司的人事職稱

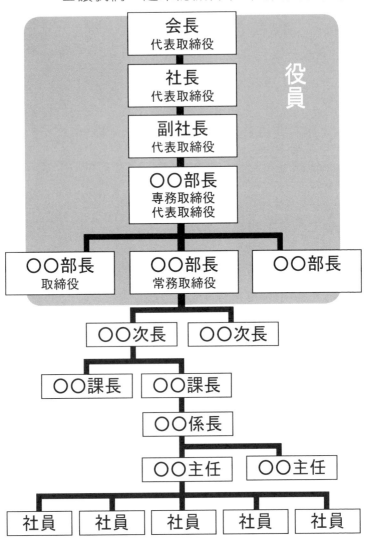

☑你不可不知

・会長（かいちょう）、社長（しゃちょう）

「会長」可以指組織團體的會長，也可以指公司董事長。「社長」則是主要負責公司營運者，多譯為總經理。

・部長（ぶちょう）

意指「部門經理」；政府部門的部長，日文稱為「大臣（だいじん）」。

・次長（じちょう）、課長（かちょう）、係長（かかりちょう）、主任（しゅにん）

「次長」通常在課長之上，可譯作副理，「課長」與「主任」一般採取直譯，「係長」則可譯成組長。

・社員（しゃいん）

公司職員。其中，未擔任主管職的普通職員為「平（ひら）社員」。

・取締役（とりしまりやく）

董事職稱，分為外部董事及內部董事，後者依職掌經營或執行面可分為「代表取締役（董事代表）」與「業務執行取締役（執行董事）」。

・専務（せんむ）、常務（じょうむ）

專務董事即管理董事，常務董事為執行董事，都是負責輔佐總經理。專務的位階高於常務。各家公司情況不同，專務和常務不一定具有董事代表的身分。

・役員（やくいん）

意指公司重要人物的籠統說法，通常為經理以上的層級，所以基本上「取締役」一定是「役員」，但「役員」不一定是「取締役」。

☑ 這個有意思

Golden Week
4月29日〜5月5日

ゴールデンウイーク

　4月の下旬から5月の上旬にかけて日本では祝祭日が続きます。4月29日昭和の日（昭和天皇の誕生日）、5月3日憲法記念日、5月4日みどりの日、5月5日子供の日、ここに土日が加わると長い連休になります。日本の学校は4月に始まるので、4月に緊張していた人がゴールデンウイークで休んだことによって緊張が途切れ、その後何もやる気がなくなってしまうような現象を「五月病」と言います。

　日本在四月下旬到五月上旬接連著好幾個節日。4月29日是昭和之日(即昭和天皇的生日)，5月3日是憲法紀念日，5月4日是植樹節，5月5日是兒童節，如果加上中間夾雜的週六、週日，就成了很長的連假。日本的學校是4月開學，在4月期間保持精神緊繃的人，在休完黃金週後變得無法收心、做事打不起勁的現象，就稱為「五月病」。
ご がつびょう

把你想知道的生活單字記下來：

講堂

校門

廊下

グランド

下駄箱

リュック

上履き

生活單字

校門	こうもん 校門
校舍	こうしゃ 校舎*
操場，運動場	こうてい 校庭*、グランド*、運動場*
體育館，禮堂	たいいくかん 体育館*、講堂*
鞋櫃	げ た ばこ 下駄箱*
室內鞋	うわ ば うわぐつ しつない ば 上履き*、上靴*、室内履き*
走廊	ろう か 廊下
教室	きょうしつ 教室
黑板	こくばん 黒板
粉筆	チョーク
板擦	こくばん け こくばん 黒板消し、黒板ふき
桌子	つくえ 机
椅子	いす
擴音器，喇叭	スピーカー
時鐘	と けい 時計
佈告欄	けい じ ばん 掲示板

☑ 你不可不知

·校舍

定義上是指校園裡的建築物,但實際多半是指有著各類教室(像是一般教室、音樂教室、視聽教室等)與教職員室、保健室、訓導處、校長室等的主建築,不包含禮堂、體育館、游泳池等設施。

·校庭、グランド、運動場

「校庭」專指中小學校內的操場,「運動場」與「グランド」則是泛指運動場。

·体育館、講堂

日本的中小學許多都是體育館兼禮堂使用。

·下駄箱、上履き、上靴、室內履き

多數日本的中小學規定不可直接把鞋子穿進屋裡,進入室內必須換穿室內鞋,所以每棟大樓入口處統一都設有大型鞋櫃,稱為「下駄箱」,一般不作「靴箱」的說法是因為聽起來像是指家裡的鞋櫃。

而學生在校內所穿的室內鞋就叫做「上履き」,也有人稱作「上靴」或「室內履き」,常見的造型為腳背上有鬆緊帶、直接穿脫不需綁鞋帶式的輕便布鞋。

學生	生徒（せいと）、学生（がくせい）*
制服	制服（せいふく）
書包	かばん*、リュック*、ランドセル*
課本	テキスト*、教科書（きょうかしょ）*
筆記本	ノート
筆袋，筆盒	ペンケース、筆箱（ふでばこ）
原子筆	ボールペン
鉛筆	鉛筆（えんぴつ）
自動鉛筆	シャープペンシル*
蠟筆	クレヨン
彩色筆・著色筆	カラーマーカー*、カラーペン*
顏料	絵の具（えのぐ）
圖畫紙	画用紙（がようし）
自來水筆	筆ペン（ふで）
橡皮擦	消しゴム（け）
修正液，修正帶	修正液（しゅうせいえき）、修正テープ（しゅうせい）
尺	物差し（ものさ）*、定規（じょうぎ）*
漿糊，膠水	糊（のり）*、液状のり（えきじょう）*

☑ 你不可不知

・学生

正式的稱呼是大學生以上才稱作「学生」，但實際生活中也常有人以「学生」指中學生。

・かばん、リュック、ランドセル

「かばん」泛指包包，「リュック」是背包，「ランドセル」則是小學生使用的雙肩式書背包，在日本，多半是祖父母送給孫子女的小學入學禮物，因為考慮到要使用六年，一般為皮製，傳統上女生用紅色，男生用黑色。

・テキスト、教科書

二者經常混用，細分的話，「教科書」指的是學校學科的指定課本，「テキスト」則泛指所有教材的課本。

・シャープペンシル

和製英語，為 "sharp + pencil" 的組合，其實這是日本Sharp公司開發的產品，不少日本人習慣以簡稱「シャーペン」或「シャープペン」來稱呼。

・カラーマーカー、カラーペン

筆蕊粗的是「カラーマーカー」，細字的是「カラーペン」，後者也經常作「カラーサインペン」。

・物差し、定規

一般混用，但若細分，「物差し」指的是量長度時使用的尺，上面一定有刻度。「定規」指的是畫線（不管直線或曲線）或裁切時作為輔助的尺，有沒有刻度無所謂。

・糊、液状のり

漢字「糊」是漿糊，寫成假名「のり」時，通常是指其他接著劑，例如膠水就是「液状のり」。

☑ 這個有意思

三学期制

　現在、日本の初等・中等教育(小学校・中学校・高等学校)のほとんどの学校がこの方式を採用しています。一般に、4月～7月を1学期、9月～12月を2学期、1月～3月を3学期としています。各学期の間には夏休み、冬休み、春休みがあり、この長期休業で学期を区切っているという見方もできます。大学ではほとんどが二学期制を採用しています。この場合、大学では4月～8月(8月は夏休み)を前期、9月～3月(9月上旬は夏休み、12月下旬から1月上旬は冬休み、2月からは春休み)を後期としています。中等教育の一部では受験のために、二学期制を採用しているところもあります。この場合は4月から10月上旬までを前期、10月中旬から3月までを後期としているようです。

　　目前,日本初中等教育(小學、國中、高中)幾乎都是採行三學期制。通常,4月～7月是第一學期,9月～12月是第二學期,1月～3月是第三學期。各學期的中間有暑假、寒假、春假,也可以看成是用這些長假來劃分學期。大學則幾乎都是二學

期制，以4月～8月(8月開始放暑假)為前半學期，9月～3月(9日上旬是暑假，12月下旬～1月上旬是寒假，2月開始放春假)為後半學期。為了配合大考，中等教育有些學校也採行二學期制，這時是以4月～10月上旬為前半學期，10月中旬～3月為後半學期。

> ⬤ 把你想知道的生活單字記下來：

你絕對需要的第二本、第三本日語生活教科書！

根掘り葉掘り 生活日語字彙通&生活日語短句通

同樣是公寓，「アパート」和「マンション」有什麼不同？
都譯成屋頂，但「屋上」和「屋根」真的完全一樣嗎？
日本人生活中常見的事物，其實藏著你意想不到的
"譯文陷阱"！！

本系列作《生活日語字彙通》與《生活日語短句通》，
是三民日語編輯小組充分發揮「刨根究底（根掘り葉掘
り）」精神，嘗試將日本人生活中隨處可見的事物，以
插圖或慣用搭配句等方式呈現。書中有許多一般字典
裡查不到的字辨及生活日語常識解說，不管你是要精
進生活字彙，還是想充實生活慣用句的知識庫，相信
絕對都很實用！

1+1大於2
基礎五十音，就看這兩帖——
◎ 新基準日語五十音習字帖
◎ 簡單日語五十音的王道(附CD)

想學日文嗎？向您推薦日語入門組合包《新基準日語
五十音習字帖》＋《簡單日語五十音的王道》，前者
是市面上少數針對假名筆畫仔細解說的五十音習字
帖，後者是專為入門者量身訂作的實用趣味發音書。
內容有料又有趣，找對了教材，學五十音真的可以像
吃蘋果一樣簡單。

跟吃蘋果一樣簡單

—50音完整教學版附CD—

專門矯正中國人的日語發音—
別找了，日語發音這本最好用！

本書能夠解決學習者的以下需求——

· 認識**日本人的發音方式**
· 一語點破**日語發音的小訣竅**
· 如何**消除不自然的母語干擾**
· 讓自己的腔調**猶如日本人在說日語**

關於日語發音的秘密，本書幾乎通通找得到！